U0039713

葉朱莉醫師

東年——著

DR. JULIE YE

influenza
AIDS
Covid-19

凡事都有定期，世間所有活動都有定時：
生或死，播種或收成，瘟疫或康復，拆毀或建設，哭泣或歡笑，悲傷或歡舞，防衛或攻擊，性愛或節制，尋找或遺失，保有或放棄，撕裂或修補，沉默或言語，愛或恨，戰爭或和平，都有時；人在世上這樣勞役，有什麼益處？

——傳道書／ Ecclesiastes 3:1-9

目次

【自序】

山一程水一程夜深千帳燈

葉朱莉在美國爆發第一波新冠肺炎半年後，疫情平緩，去紐約短暫考察研究，藉機探望女兒：她是紐約大學醫學院學生，實習第一階段遇上疫情爆發。那時春天，紐約市最多每天上萬人感染，近千人死亡。累積那樣龐大數據，紐約醫療界即使對這種病毒本質，和全世界一樣還懵懂無知，已經大約清楚社會階層和感染率相關，這在以住宅社區郵遞區號標示的疫情級別也能印證；社會集體免疫力的建立已經被想像，但是，個人自己的免疫力還是關鍵，所以，很多老人、肥胖、先前患有高血壓、心血管、呼吸道或糖尿病這類慢性病患，大量感染和死亡。

家庭醫科醫師的要職在預防人生病，葉朱莉因此更加了悟，人體免疫力平常也是在抵抗或吞噬病菌病毒，瘟疫發生時，免疫系統更加需要上億甚至於數十億這樣數量和優質的各種免疫細胞；因此，日常健康飲食、適量運動，以及能隨時處理負面情緒，是人生要事。

嚴重特殊傳染性新冠肺炎，在全世界造成近八億人感染，近七百萬人死亡；在臺灣，近一千萬人感染，近兩萬人死亡。

流行病大範圍爆發，就是瘟疫；瘟疫這樣驚人，前有黑死病和西班牙流感。

一三四六年至一三四九年間，金帳汗國蒙古軍隊圍攻黑海北岸克里米亞半島商港卡法，被歐洲人認為是黑死病起點；軍隊將死者屍體扔進城牆製造大規模感染，被認為是人類首次實施生物戰。搭船逃離卡法港的人，將這種瘟疫一路感染義大利、威尼斯、法國和歐陸，一三四八年抵達英格蘭，直到一三五一年停息。短暫五、六年間歐洲人口損失最高估計為近兩億人，這是當時歐洲人口大半。儘管有歐洲學者認為黑死病起源是中國、蒙古、印度、中亞或俄羅斯南部，並無定見，也欠缺這些假想起源地的學術研究論證。

黑死病被認為是人畜共患疾病，病源是野生嚙齒動物，鼠類，也被稱鼠疫。受感染的人會發高燒、明顯皮疹、腋窩和腹股溝出現驅蟲性淋巴腺腫塊或腫脹，幾天內死亡；這些腫脹變黑後破裂，排出膿液、細菌和病毒，在家庭、房屋、村莊、城鎮和城市傳播。流行期間，城鎮封鎖嚴禁進出，任誰被認為染病，家人和房屋會被一起燒毀，害怕感染不僅人人相互猜疑，甚至家庭成員也相互拋棄。貴族、農民、農奴大量死亡，荒村荒地，歐洲中世紀經濟體系和人際倫理徹底崩潰。

民間認為這是上帝懲罰世界積累邪惡，毫不反省，考古生物學家對死者墓群比對，認為健康狀態不佳、營養不良或年老和其他原因身體虛弱者，死於鼠疫風險高於同齡人。

西班牙流感大流行發生在一九一八年，全世界約有五億人感染，這是世界人口三分之一；至少約有五千萬人死亡，其中六十八萬人在美國。這種病毒起源尚無共識，已知美國堪薩斯州賴利堡的軍隊最早發生；一週內，營地醫院收留五百多名患同樣嚴重流感的男子。不久，軍方報告維吉尼亞、南卡羅萊納、喬治亞、佛羅里達、阿拉巴馬和加利福尼亞也爆發類似疫情。東海岸港口海軍艦艇也報告，嚴重流感和肺炎爆發，發生三日熱或紫死病。這樣的美軍前往歐洲參加第一次世界大戰，在法國引起化膿性支氣管炎、義大利沙蠅熱、德國佛蘭德斯熱等等，稱謂不同，病症相同；患者常在數小時內因肺部充滿液體，死於呼吸衰竭。交戰國都將這種疫情保密，但是，西班牙報紙公開報導這種病造成數百萬西班牙人死亡，因此，被稱為西班牙流感。

一九一八年西班牙流感從歐洲戰場蔓延，向東到中國、菲律賓、夏威夷，東南到印度，最南到紐西蘭；臺灣也在疫，因為參加歐戰的日軍移防，五月間，把西班牙流感帶進基隆，陸續沿臺北、桃竹苗到臺中，疫情零星，當時醫療人員也不認識，以為是不明熱病。入秋後，疫情又起，從臺南安平港口爆發，氾濫全臺，造成近八十萬人感染兩萬五千人死亡。

流感有發生在人，在豬，在鳥禽，那時之前已經被認識。幾十年後，微生物學家、分子病理學家才從凍原下屍體取得西班牙流感病毒樣本，認為是鳥禽流感和哺乳動物流感混合變種。流感只會危及老人、幼兒和免疫系統受損者生命，有些成年人感染也很少死亡，但是，西班牙流感在健康人群，包括五歲以下、二十至四十歲年齡組、六十五歲以上人群，致死率較高。

過去幾十年，世界變化劇烈，氣候變遷造成原始冰層或凍原融化，人為深入破壞原始森林，生活高度物化和各種汙染，可能的人為生物戰，就這麼出現許多新病毒，伊波拉、愛滋病、SARS，原來就有的各種病毒量也大增。一般人看不到瘟疫病毒，驚恐下，想像是鋪天蓋地無邊無際那樣混沌。醫師在電子顯微照相看得到，就新冠肺炎病毒而言，外膜嵌有病毒棘突蛋白，像日冕或王冠，裡面包有大約三萬個核苷酸正股 RNA；整個病毒顆粒大約一百二十奈米，就是零點零一二公分。這樣的話，裡面三萬個核苷酸，不要說奈米、埃米，是更微小的不可思議世界。人也一樣，身體裡的細胞和各種能動的細微物，在化學或物理環境中，依照天生指令，生長、代謝、生殖，反映周遭環境刺激，能屈能伸，能進出各種縫隙去和各種群體合作，在生理心理各領域表現。這就是生命，沒別的了，部分細微物群體無法工作或正常工作，人就生病，全部細微物群體無法工作，人就死亡。其間沒有善的靈魂也無惡的邪靈作用，人如何對待自己的身心，只是自作自受。這也是葉朱莉醫師歷經長期執業和生活歷練的覺悟，儘管她在自己的醫師養成教育，除了專業知識和技術，對人、社會、世界相關諸多概念也多有琢磨，多有心理負擔。

新冠肺炎死亡，中下社會階層和免疫力低落者偏多，又，男性比女性約多一倍，或因為男性免疫狀況比較容易惡化，或也因為男女體內賀爾蒙運作、染色體結構都有不同，女性還有抗病毒的雌激素；有生物學家認為這合乎生物學。社會大眾排隊買不到口罩、試劑，遲遲等不到疫苗，除了驚恐會更加憤恨。葉朱莉的父親自己疏忽，在疫苗還沒開始施打期間也遭受感染，但是，她除了特別關注他的治療，只是更加認識現代社會組成和運作原理，感慨人在集體編制下，不是為自己生活工作，是為少數人的理念或企圖所驅使；女性更是如此。

男女大腦運作差異，是遠古分各自進化的結果，男性在狩獵和保衛家族，需要高度專注一兩件事，女性在育幼、住家周遭採集、維持家庭、聯繫家族，需要同時處理幾件事。現在職場裡，什麼是男性工作什麼是女性工作，大約還是可以清楚分別，但是，現代女性進入社會、職場，除了自己原先在家角色，多加了男性的工作，也被整編在大量各種資訊、假資訊、朝傳夕改或隨時這樣播報資訊，搞笑、無賴亂罵，或按個人使用網路習性任意量身打造置入廣告，變得更加容易情緒不穩、焦慮、抑鬱、注意力不集中、記憶衰退等等身心健康問題。

女性大腦容量比男性少約十分之一，但是，連結左右腦的胼胝體比男性大，大腦區間連繫也更多，這樣差異，兩性在觀察世界、記憶、情感，會有基本不同，男性習慣每次只處理一件事，思慮比較穩定，女性習慣同時處理多件事，思慮變化較多，這樣，注意力和記憶會受影響，比較不能深入，不能貼切判斷，比較敏感的女性容易抑鬱、焦慮、鬧情緒，也容易罹患過動症和早老痴呆，甚至於暴食肥胖或厭食消瘦、賀爾蒙失調、免疫力失調、不孕等等問題，女性身體發展，雌激素和黃體酮這些賀爾蒙之間平衡起伏，經期、孕期、產期、更年期賀爾蒙劇烈變化，也比男性複雜。因此，女性需要更加自持，才能保持情緒平衡，身心健康。

因此，這場新冠肺炎大流行，對於葉朱莉醫師而言，是自己人生思想和態度的身心體檢。

——東年　二〇二三年五月

1

飛機離開太平洋，在北美大陸上空飛行。晚間約七點半日落，窗口漸暗；葉朱莉望著也漸睡去。她再次看窗口，夜幕下隱約浮現一條燈影，晚間九點多，這時從臺北飛來十四小時，她想，那或是紐約長島灘地海岸線，飛機正在降落甘迺迪機場。但是，飛機繼續航行，夜幕下浮現更多璀璨燈影，幾處城鎮聚集像是多排珍珠項鍊，另一條燈影當是路燈和車燈烘托成金紅色漫長蜿蜒道路，和機側垂直；她想，如果那是新澤西州西海岸快速道路，飛機還要一會兒才進入紐約市。

這附近有好幾個大小機場，入境飛機必須維持在高空徘徊，等待航空站按隨時風向和離境飛機升空情況調度；幾十次飛來紐約，她已經明白窗口所見景象多有變動，卻也更加認得一些重要指標，即使夜間也能看出自己紐約家在何處。

一會兒她就認得前方滿窗燈影中一道黑暗是哈德遜河，因為另一側建築燈光更加密集也顯得高起；紐約市就在河中線東邊，那是曼哈頓區帝國大廈、客來斯勒大廈和新近增建更多新的超高摩天樓群，那些顯著地標。

飛機忽然轉往東南，更加緩慢行進，更下高度；機艙窗口越過曼哈頓壯麗燈影，她又認出東河和布魯克林區。

東河和哈德遜河交口下方的自由島就是自由女神立像地。東河分隔曼哈頓和布魯克林區，她認出長島快速道路在河中羅斯福島附近跨河隧道出口。這條跨河隧道在曼哈頓東側端，有五十層高的聯合國長方大樓，在夜晚高空也不難認得。隧道如其名，皇后區中城通道，就是通往皇后區；若是自己開車走長島快速道路，大約一個多小時就能到家。

她家在皇后區海灣里，長島海灣和牙買加灣之間；甘迺迪機場就在牙買加灣上。

飛機又降低了，她看到甘迺迪機場一處起降跑道垂直在窗口不遠處，但是，飛機飛離陸地，越過長島海岸南灘進入大西洋；海上有幾艘貨輪燈影。

在低空盤旋一會兒，機艙終於廣播就要降落；飛機持續轉向，直到她又看到不遠處長島海岸成串燈火。

飛機再度進入陸地，在皇后區上空越過牙買加灣邊緣濕地，進入機場第四航廈。

在機場海關移民局窗口，她遞出護照和入境填寫，順手看了一下手錶。

「請把口罩拉下一點——」看了她一眼，女性官員翻閱護照和文件，一邊又問：「妳要在美國停留多久？」

「三個月，都在紐約市。」她順勢把下個問題也說：「我應邀來做醫療研究。」

「喔，醫師——」官員抬起頭看她，似有幾分敬意，又問：「妳幾乎每年來，是家人在這裡？」

她不想多談，只答是；不知為何官員微笑望著她，她就說：「我有兒女在紐約大學就學。」遲疑片刻，她沒繼續說她先生也在紐約大學醫學院教書、醫療和做研究；幾年前有一次，她這樣說引起移民局官員好奇，多問了她家庭境況。

「所以妳會和他們住一起，是那裡？」

「皇后區海灣里的階地。」

「海灣階地——好地方。」官員把護照還她，說：「下次再見。」

因為疫情，臺北發的這班飛機沒太多乘客，她很快就拿到行李；海關出口行李檢查官員好奇她整個行李箱只裝口罩、面罩、防護衣和一瓶酒精噴霧罐。

「我來——將在幾家醫院做醫療研究，這些防護用品是我自己用和送醫療人員。」

行李檢查官員讀了一下她的受邀文件，點了點頭說好，卻又繼續問：「去年三月四月醫療人員很缺這種正式防護衣物，死不少醫護人員，實在恐怖，疫情現在穩定了——你們醫師看，疫情會這樣就結束吧？」

她想說不會，但是，這種新冠肺炎目前確實超過自己和幾乎所有醫療人員的認識，就說：「希望如此。」

她在出境口附近沒看到兒子王立群來接機，就走到一個角落脫下口罩放進塑膠套，用酒精噴霧罐把行李手把、雙手清洗，再新戴一個口罩；忽然聽到兒子喊她。

「我早就在這裡等，沒看到人，一急，往外面追前面旅客，追了一下子，喘不過氣，想到機場這樣大，還是回來看看——」王立群喘著氣說：「媽媽戴口罩又戴毛帽，我竟然一下子沒認得。」

「哈哈，你這樣穿戴我也是不認得。」她說：「學校開學了，都好吧？」

「開學幾天了——學生不到學校開學、繳學費，很多大學會發生財務問題，所以在學校開學一天。」王立群把她的行李箱拉去，說：「現在是遠距教學。」

「你說的電子琴後來有去學嗎？」

「還沒，法商學院課業很重——」王立群說：「唉，我還是比較喜愛音樂、視覺藝術、大眾傳播這些學科。」

「不急不急，創作——除了熱情、實力，也需要多多磨練。」

「是啊，作為興趣爸爸就不能管呵，我就拿小時候學鋼琴的基礎玩電子琴，學學創作歌詞，學學用幾何線條、點啊、面啊那樣抽象畫，就是把文字、顏色、聲音組合創作，所謂的數位創作。」

在開闊航站走廊裡，她只看到幾個旅客；商店和各種服務臺多關閉，電扶梯和電動走道也幾乎都在空轉。遭受新冠肺炎重創後，紐約市現在機場解除外國人入境嚴格管制，國際旅遊看起來並沒多少恢復。

他們在航站機場捷運月臺趕上一班紅線車，車廂裡稀稀落落有站有坐，從前面兩三個航站上車的旅客。到皇后區牙買加車站不過是一二十分路程，為避免座位感染葉朱莉抓著扶手橫桿站，兒子比肩站她身旁；車廂停在航站建築的隧道裡，她在玻璃窗看兒子身影已經高過她不少，神情也成熟許多；她想，兒子執意做什麼數位創作，也許是不自覺對他父親嚴格管教表現抗議。

車廂爬高，鑽出隧道；在高架軌道上從車窗外望，她能看到航站聯外道路和機場邊界道路的行車、停機坪間隔各登機走廊邊的飛機、遠處公園的樹林和路燈。

機場捷運到牙買加車站約六公里路程，但是，環繞機場需停各個航站，這在急於離開機場的旅客來看，有點折磨。這八個航站由國內外航空公司經營，她能在機場邊界外隱約看到辦公室大樓、倉儲和各種商店、餐飲店招望燈飾；附近荒地整理成幾個公園，能看到整齊路樹。

捷運停到最後一個航站，她在窗口看一班離境飛機正在爬升天空，想起紐約甘迺迪機場有桃園機場兩倍大，航站數量四倍，機場捷運中能看到更多各國旅客；很難辨別本地人或外來人。她自己身分更奇異；為避免兩地繳稅，她沒隨先生加入美國籍。她不是紐約住民，但是能在高空從飛機窗口精確辨識紐約市地景，她先生對此也甚感驚訝。

捷運終於離開航站，爬上范懷克高架道路，再幾分鐘就可以看到女兒，她鬆了一口氣；去年三四月間紐約突發新冠肺炎，她正在醫院開始醫學院三年級各科臨床實習，第一輪七週就在極度驚嚇中渡過。

女兒王容思在牙買加車站看到她，幾乎是衝上來緊密擁抱；葉朱莉聽到她幾次忍不住哽咽，感受她全身顫抖，心想這樣可能是心理創傷表現。

「很高興妳看起來還好——」葉朱莉強忍淚水，安慰說：「啊，正也因為這次特別疫情，我能申請來做短期研究，和你們團圓一陣子，真好。」

王容思車就停在車站旁空地，上百個停車格只零散停十來輛車。

「後來，我就不太敢上高速道路——」王容思在駕駛座後視鏡看弟弟也繫好安全帶，說：「所以沒去機場接妳。」

她看女兒從薩特芬街轉進九十四巷接上大西洋路，看似要上高架快速道，說：「這裡離家才六、七公里，不急——慢慢開沒關係。」

王容思真是把車開上范維克高架快速道，但是，精確在一二四閘口開下交流道；再來就是要橫越長島快速道。

「我到底還是開了一段高架快速道——」王容思說。

「啊——我一點也不擔心。」她說。

王容思看了一眼後視鏡說：「我看立群一路伸長脖子，緊盯著前車窗。」

王立群笑著說：「是啊，想說是不是換我來開，媽媽比較安心。」

「車上有人，我就會很有責任感。」

責任感——葉朱莉想起女兒從高中直接進入醫學院就讀，除了課業表現和各種考分極優秀，親和力和責任感也是在評選中脫穎的條件。

女兒的醫學養成，在高中階段就有醫學院和大學聯合開列的課程；這個階段前，除了豐富自己科學和人文知識、培養多種才能，她還參加多種課外活動養成邏輯分析、量化統合、卓越領導、團隊合作、關心人等等這些職業習性；這樣學成，葉朱莉想，真是比自己艱苦。

車子終於在長島快速道路海灣里附近雙層交流環道北上，又安然離開清晰視界快速道，進入海灣階地社區。

海灣里這皇后區東北角落階地上的庭園社區，名如其實，是地勢略高階地，是皇后區也是紐約市最安全和富裕住宅區之一。其實，整個海灣里橫豎兩三百條地方街巷住宅區，也多有路樹、人行道和庭園；其間，奧蘭克花園、碧砂山和海灣山牆等等社區，都是富裕住宅社區。

這裡原來主要是農田，多有富人當作度假鄉村；因此，二十世紀初期，這裡主要居民是義大利、愛爾蘭、希臘、德國和波蘭裔白人。這裡亞裔美國人以韓裔和華裔為主，韓裔人口在上個世紀九〇年代大量遷入；此外，還有少數的西班牙裔、拉丁美洲裔住民和極少數印地安人、太平洋島民。移民會選擇聚族居家，少數民族聚集地繼續擴展會連帶其他族裔遷徙。紐約市族群融合，顯然不是單一平均融合，而是在相當經濟水平的社群裡和睦相處；海灣里，除了少數隔離的私人社區，整體是平和的。

九月臺北還處酷暑，這裡真是秋天了；王容思在牙買加車站等他們時，買了一盒披薩、一桶炸雞塊和幾包薯條。聽說先生的父母這一陣子住曼哈頓下城區中國城女兒家，她不用進去招呼，就想坐在門前寬大階級和兒女聊一下。

她拿出酒精噴霧罐消毒大家的手，三個人並肩坐在階梯上。

「你們父親管教不算太嚴。」她接過王容思遞上的雞塊，說：「我建議你們不要常吃這種油炸東西——現在網路這樣發達，有時上網看看，多加認識日常食材，營養啊，特別成分、元素在人體的生化作用，可能影響物理結構等等，喔，還有，每星期多少要運動一下，容思記得要強迫爸爸也這樣做。」

「爸爸也說炸雞塊不好。」王立群說：「不過，有時忙不過來，他也這樣買，呵呵。」

「高溫高油——」她說：「唉，我不能說不好吃。」

葉朱莉很滿意這個住家，也很得意自己兒女的成長和學習；先生忙碌教學和醫療之外，沉迷病理和生命科學研究，她也能肯定。

「這幾個月，外公吃飯怎麼辦？」王容思問。

「他愛住老家，愛自己煮食，好多年了——有啦，有時候我會去他那裡給他做一些特別東西，補一補，現在鬧疫情，我也給他幾種維生素、礦物質膠囊和一兩百種蔬果綜合粉末，提升免疫力，他卻說每天這樣補吃不消。」她說：「你們也要這樣吃。」

「爸爸也有給我們這些東西。」王立群說：「每天兩次，要吃十幾粒。」

「老年人戀舊，爺爺和奶奶喜愛住中國城，每次去就像是不想回來呵。」王容思說：「外公個性很開朗，但是——你們什麼時候可以搬來紐約，或者我拿到執照可以去臺灣工作個幾年——」

「啊，就像我有臺灣醫師執照並不能在美國行醫，妳即使有美國醫師執照現在也不能在臺灣行醫——有很多旅居海外醫師想回臺灣養老，臺灣確實也有些地方醫療人員不足，所以，衛生署正在想提供美日英紐澳內科外科婦科兒科急診科醫師，先到臺東花蓮恆春這種偏遠地區服務，三年半後發給臺灣專科醫師執照，好像是明年要實行。」葉朱莉說：「妳還是待在紐約吧，免得把自己生活和工作規劃弄亂了，外公的事——他一時還沒想怎樣。」

「外公——外婆我比較有印象。」王立群說。

「哈哈，因為外公常說你——你小時候在家很少靜下來。」葉朱莉說：「那時候，外婆就會護著你。」

「你在這裡也時常被爺爺唸，也是奶奶護著——」王容思說：「後來是因為爸爸有時早回家，每天晚上問問你課業，訓訓話，你才能今天這樣比較像樣呵。」

「哈哈，那時在他書桌前必須端正坐好看他板著臉訓話，實在有點吃不消。」

「你也許遺傳了爸爸的過動，這是一種心理症，注意力不能專注，爸爸有這樣傾向，好在他能自己克服——他把多種注意分出輕重，編出執行緩急先後，所以短期長期都有事在忙。」

她說：「如果要我給你們訓話——我知道我自己不曾認真對你們要求，那樣講話，只因這次新冠肺炎疫情讓人身心很受衝擊，想和你們說說，但是，我也還是只會想提醒你們，現代社會生活，每個人在每一個成長階段都必須善用自己資質、條件，讓自己處在應該是的位置，這是說在每一個階段都必須努力，直到有一天，到了一個階段，能自由從容過自己想要的生活，包括工作——當然，這過程相當漫長也相當辛苦——」她轉向女兒問：「容思現在常跟爸爸的團隊做研究，一定也很辛苦吧？」

想了片刻，王容思說：「就是想多加磨練，很難說辛苦不辛苦。」

「我沒這樣想過——一個階段一種位階，這樣想。」王立群說：「不過，我想過未來十年可能消失的行業，人工智慧、大數據這樣繼續發展，有幾百種職業已經在陸續消失——自動駕駛相關的汽車，以後，不管平面道路快速道路，貨運車司機會先消失，相關人命的一般車輛以後連方向盤都不用，賣車實體店也許還會存在，不過，裡面不會有人服務，你在網路完成各種手續，到店裡按幾個數碼，機器就吐出鑰匙給你把車開走——以後，就像這樣，各種實體店都只會有很少的實體工作人員，銀行、百貨公司、賣場——」猶豫片刻，他又說：「現在稱為師的律師、醫師、教師——小學教師大概還會相當充分存在，因為孩童沒有自主學習能力，被動學習需要被教導——引用法律條文，智能機器人比律師、檢察官快速、精準，但是，人類可能很難接受機器人法官判刑，機器人也不能自由心證，法官就可能還會存在，啊，各種原創設計師、藝術家、作家、歌手，這樣會創作的人也會繼續存在吧。」

「呵呵，繞了一大圈，是要談數位創作。」王容思說。

「爸爸不常在家，媽媽只在網路上才能看到。」王立群說：「哈哈，我和姐姐相依為命，這樣瞭解我——」

「立群想的數位創作——」葉朱莉忍住幾次哽咽，說：「身為家庭醫師，如果你來就診，談起過動，就臨床心理治療看，我會建議你也稍微認識一下藝術治療，那是鼓勵病患以藝術媒材創作，抒發情緒，事實上那也是這種藝術治療師從事的精神療法——我不是說你有病，是贊同你學習數位創作，身為母親，就是我剛才建議你們參考的，在人生學習歷程某個階段應站上某種位階，相當成就——你們小時候和外婆學鋼琴，我看容思課後會練習個幾次，立群開始也這樣，漸漸，只在外婆要教下一課的前一天，才會練習一下，所以爸爸說了你這樣怎麼可能學好，哈哈，爸爸現在還是這樣想吧——反正現在都在學習，法商學院課程也好，自己想數位創作也好，就如你剛自己說，人工智慧、大數據，現在學生有比以前更好的學習工具和方法，省時省力，現代社會的社會大眾，能接觸藝術輕鬆身心也很好，暫時就這樣努力看看吧——」

「我有一個剛完成的作品——」王立群拿出手機點開一個網站說：「已經有幾萬人給我按

讚。」

融合幾種顏色的底圖上，他畫了一些不規則圓球、斑塊和粗細線條，這些圖紋隨著配樂旋律節拍緩慢跳動、運動和變幻；葉朱莉說：「好看，好聽。」

「在 iPad 上用電子筆畫很辛苦，我想發明一種掛在牆上畫的螢幕，各種畫筆、工具，那樣可以畫得細緻或粗獷——」王立群說：「我還想學寫程式，直接讓程式自動畫畫和編製音樂。」

「哈哈，越聽越像過動。」

「唉——」王立群笑著說：「這下子我也才明白什麼是藝術治療。」

父親王保羅回來了，把車停在門前。他下車和他們揮手致意，拉下口罩裝進塑膠袋，拿消毒水清潔手才走到階梯前，說：「我可以在你們面前親一下媽媽嗎？」

「好啊，我們都親過了。」王容思說：「換爸爸親了。」

王保羅彎下身子親了葉朱莉一下，說：「咦，有很香的烤雞味。」

「有給爸爸留一份。」王容思把紙筒捧給他，說：「紙盒裡還有披薩。」

「整天在顯微鏡底下看病毒——還是看雞塊好。」王保羅一邊吃一邊說：「我剛在前面開車，看到你們談什麼談得很高興。」

「談立群的數位創作。」葉朱莉說：「請再放一次給爸爸欣賞。」

王保羅看著，說：「喔，看起來像米羅的抽象畫，當然——米羅的畫不會動、你的畫能動，音樂——這樣在先後時間中相互對位組織不同音階，聽起來有巴哈十二平均律賦格曲趣味，啊，不錯不錯。」

「這是在今年春天創作的，那時候鬧疫情我在家上網上課，累了就做——夏天做一半了，還要做秋冬。」

「喔，韋瓦第也有春夏秋冬組曲，巴哈也有很多組曲——巴哈把他當代和前人創作精華融入自己作品，成了大師，這是匯集百川成了大海。」王保羅說：「他是自學的——或許這樣才沒受到刻板教育拘束。」

「很高興回來團圓，已經半夜了。」葉朱莉說：「大家該休息了。」

2

葉朱莉把車開上海灣階地跨島公園路，沿著小頸灣海岸往東南，要去長島猶太醫療中心；這是諾斯威爾醫療體系旗艦醫院。

紐約市這時是新冠肺炎大流行後逐步開放的第四階段，大眾交通系統還不安全，公路上車輛也不多；她開了一小段路覺得順手才放心欣賞窗外風景。三公里多路程，沿著小頸灣海岸能看到托騰堡半島上的公園、歷史軍事建築，還有一座遊艇碼頭伸進海灣；這也是灣區里東北角特別景色。

諾斯威爾醫療體系有二十處醫學院、醫院、研究單位遍布紐約各區，特別是猶太人生活圈；按她先生建議，她就是去看他以前教過的三個猶太裔學生，請他們協助她做這次研究。

長島猶太醫療中心，十層樓高，近一百公尺寬；一兩百扇大大小小窗戶和淺藍色牆面，在秋天陽光下看起來簡潔亮麗。

在巴特希娃醫師辦公室窗口遠眺，她看到近處有兩旁路樹、草地和大片公園，遠處民宅社區整齊座落在綠蔭裡。

「這附近有婦女醫院、兒童醫院、醫學院和附屬教學醫院，各種醫院，現在看起來安靜平和──」巴特希娃醫師說：「幾個月前救護車到處跑，那種聲響，混亂，焦躁，淒厲，真是人間煉獄。」發呆片刻，她又說：「我忙的話還好，一靜下來──即使滿窗透進陽光，也會想像各種人影，聽到各種聲音，特別是心跳機──」終於回過神，她嘆了口氣，說：「對不起，我剛給妳整理資料，像是回到現場。」

葉朱莉看她白色外袍下黑色連衣長裙衣襟扣到領口，說：「今天我對猶太民族愛穿深色衣服，印象更加深刻。」

低頭摸了一下燙平白袍，巴特希娃醫師說：「就是感慨面對這種病毒，自己怎麼努力，還是看病人一個個死去──啊，來看看我給妳準備什麼資料。」說著，她從桌上拿起兩份卷宗放在葉朱莉面前。

一份資料是半年前紐約疫情突發，最嚴重時，住院病患特徵和臨床表現；這是他們諾斯威爾醫療體系在紐約市、長島、紐約州威徹斯特縣，十二家醫院近六千人的抽樣研究，含種族、性別、年齡層和人口統計信息、合併症、家庭用藥、生命體徵分類、初步實驗室檢查、初步心電圖結果、住院期間診斷、住院用藥，包括使用侵入性機械通氣器和腎臟替代等治療，以及住院時間長短、出院、再入院和死亡率。另有她和同學瑪格莉特醫師合作，要專對紐約市猶太人做相關研究。

「紐約市移民來自世界各地，我們猶太人也是這樣，不是只從以色列來，紐約市猶太人最早是三四百年前持荷蘭西印度公司護照，從巴西來——這是因為西班牙人在公元十五世紀曾經驅逐猶太人，他們逃到巴西，我祖先就是那時候來，是啦，我們猶太人，自古因為戰亂、災難、種族歧視和迫害，在世界各地流亡遷徙，歐洲拿破崙戰爭後，有大量德國和波蘭猶太人湧入紐約，俄國革命期間和前蘇聯瓦解都有大量俄羅人和東歐人逃亡——移民，當然還有其他原因，中東地區埃及、黎巴嫩、敘利亞等等國家，有猶太教、基督教和回教不和睦問題，阿拉伯裔也有猶太人，愛爾蘭曾經持續多年馬鈴薯欠收餓死上百萬人，這樣就有非常大量愛爾蘭人，包括那裡的猶太人移民，德國人也曾經因為饑荒和經濟困難大量移出，歐洲工業革命興起經濟擴張，也發生政治分歧和社會革命，這樣也產生大量移民——新移民，主要來自東歐和東南歐，就是羅馬尼亞、匈牙利、希臘、義大利等等國家，對於這些移民來說，紐約真是他們給親友家書寫的那樣街道鋪滿黃金，有些人確實發跡了——曼哈頓中央公園附近那幾條街的富豪和家族，有掌控美國政府、政治、經濟和軍事，能實際操控世界的猶太家族，無論如何，按照經濟條件、族群社會，紐約五大區裡形成了各自的生活區和居住群——這樣歷時四百多年移民，到了今年，紐約市五個行政區總計有一百六十萬猶太人，是以色列以外最大猶太人社區，布魯克林那裡猶太人甚至比特拉耶夫和耶路撒冷都多——啊，我要說的是，僅就猶太人疫情來看，社會階層和感染率也相關，這在以郵遞區號標示疫情級別也大約能印證，但是，我看個人的免疫力還是關鍵——這值得更加深入認識。」巴特希娃醫師說：「至於那份近六千人的研究報告，我想，值得家庭醫師認識，因為患者中很多老人、肥胖、先前患有高血壓、心血管、呼吸道或糖尿那些慢性病患，他們的治療用藥和他們之前在家的用藥可能會有相互影響——暫時就這樣，就妳——葉朱莉醫師，這次來做研究我們已經給妳開了帳號和密碼，就寫在卷宗上，這期間，妳可以上網去多加瞭解，那些參與這次研究的病患都已經放棄知情同意要求，妳可以放心使用，妳以後如果有相關心得，也應該是免責提供我們使用，這樣好吧？」

「非常好，非常感謝，有問題我再來請教。」葉朱莉起身和巴特希娃醫師握手道別，說：「保羅要約妳們去海灣階地家裡吃中國菜，我也會做幾樣臺灣菜，他會和妳們敲時間——我現在就去看索珊娜醫師和瑪格莉特醫師。」

猶太森林山醫院在皇后區，鄰近森林山住宅區。這裡單戶住宅聚落多是建築在二十世紀初，在大片土地上以花園社區整體規劃建造；房屋以規格化預造混凝土板建構，堅固整齊、古典穩重，是有名望的中產階級社區。

索珊娜醫師在一零二街和六六街交口附近的醫院門口等她，這家六層樓高教學醫院橫幅也很廣，淡灰色牆面在陽光下曬成白色，在附近林立高樓中很顯眼。她今天休假，穿一身灰藍色長袖中長直筒連衣裙，胸下到裙襬間印有幾朵藍底重疊大朵花紋，看起來比巴特希娃醫師年輕活潑。她住醫院斜對面公寓大廈，但是，上車親切招呼就引導葉朱莉開到兩三條街附近的烏茲別克料理店，去取預約的外帶食物。

這時紐約市每天還有很多人感染，她慎重把食物分別放進微波爐和烤箱加熱；那是拌飯、沙拉和甜點。拌飯，以帶骨羊肉、胡蘿蔔、洋蔥、鷹嘴豆，用顆粒孜然、小檗果乾和幾種混合油調味煮長米飯。沙拉，把番茄切薄片、洋蔥切細條，用碎羅勒葉和胡椒調味。甜點，把麵粉用植物油煎成淺咖啡色，加蜂蜜煮熟成濃稠，再舖上幾種碎堅果。

「這是我們烏茲別克傳統料理，拌飯原來是用手抓著吃，哈哈，怕嚇到妳——」索珊娜醫師一邊說，一邊把拌飯一層層從米飯、蔬菜和羊肉順序堆疊，做成兩份，又說：「很難說我是猶太人或烏茲別克人，最早抵達中亞和近東地區的猶太人是在巴比倫流亡時期，我祖先曾經在俄羅斯帝國時代去了俄羅斯，但是，沒幾年，亞歷山大二世被暗殺，俄羅斯人歸咎猶太人，也藉機更加反猶太人，大屠殺和反猶太法通過後，他們就跟隨一兩百萬東歐移民來到紐約，那是一八八七年，東歐人多很貧窮，後來我們來美祖先追隨中亞猶太人，主要是烏茲別克斯坦的布哈拉猶太人，定居在這一帶，就是雷哥公園、森林山、植物園區和布里雅伍德街區——」她往窗口點了點手指說：「我家就在那邊，森林山，開車十來分鐘就到，我現在一個人住這裡，因為半年前紐約疫情每天感染最高達到四五千人，現在每天也還有三四百人，疫情經過這半年逐步解封，病毒會變種，很難說不會再肆虐，我不想萬一傳染家人，就買這個套房，哈哈，這樣忽然離家才發覺自己早就不應該是持續依賴父母的小姑娘——啊，臺灣疫情怎樣？」

「臺灣——二十年前我們發生過 SARS-CoV-2，幾百人染疫，死了七十多人，包括七名醫護人員，有過那種嚴重急性呼吸道症候群可怕經歷，我們建立了未來的應變措施，面對這次嚴重特殊傳染性肺炎，Covid-19，和呼吸道傳染相關，政府就立刻啟動管制措施，民眾也很主動戴好口罩，勤洗手，避免群聚，所以，先後有郵輪和出國訪問海軍船艦帶回感染，都被妥善控制，這樣，三月間每天有二三十或三四十人感染，現在感染人數大約每天都只是個位數——」葉朱莉相當自豪說：「我們臺灣，醫療制度很好，幾乎人人享有政府辦理的健康保險，醫護人員水準很高，醫療設備在一般情況也算得上充分和先進。」

「還是需要警惕，要有萬一大量爆發感染人的前置準備，能把病患分散幾個地方，以免醫療人員和設備一時跟不上。」索珊娜醫師說：「我相信臺灣能做得更好，我們紐約有很多醫師和護士是臺灣移民，也有很多從事醫療設備和用品製造，我看這次疫情，亞裔移民在醫院、醫學實驗室和藥房都有不少貢獻，我知道你們家人——保羅教授和容思醫師也都很熱心投入，容思醫師還是在疫情最嚴重的埃爾姆赫斯特醫院實習，那家醫院很大，附近有工人階級社區，也有很多華人——我們的問題是一開始，總統，川普總統，他為開始競選連任只關心經濟發展——疫情爆發，我記得很清楚，有十五個人染疫時，他上電視說也許明後天就會有十九個，但是，疫情不久後就會消失，政府官員和醫療人員、專家看法不同，中央政府、州政府和地方政府看法也不同，民眾也不那麼緊張，戴不戴口罩也有爭議，現實考慮的確兩難，疫情爆發，很多中下階層的人不是病死就是可能會餓死——各種商業活動停止，幾十萬人失業，啊，只顧說話，我來沖綠茶，這甜點要配綠茶。」

「我們臺灣人也喝茶，這我會弄，妳再多吃一些吧，我看妳還沒吃羊肉。」葉朱莉去廚房燒開水，也找到茶葉罐；索珊娜醫師的茶葉罐和茶葉包裝都是她熟悉的，一看真是來自臺灣。

聽索珊娜醫師說紐約市疫情最嚴重時，容思在最危險的醫院工作，她非常吃驚，一時有點恍惚。她在網路裡知道女兒因為實習撞上疫情參加急診工作，因此更加注意紐約市災情，病房不足，把可用空間像禮堂、會議室、圖書館甚至於走道用布帷隔間使用，救護車停在醫院外路旁作為急救間，或支援的軍警在冷凍車堆排屍體，都讓她看了驚心動魄——她沒想到女兒會那樣奮身不顧自己安危。

索珊娜醫師等上茶點時，把臨時用餐的書桌整理了，說：「埃爾姆赫斯特醫院在這裡的西北方，開車大約半個鐘頭，我以前也曾經在那裡實習過，那裡病患說一百多種語言，所以需要多個國家多種文化的醫療和醫護人員，疫情在紐約蔓延時很多自願醫師和護理師來自美國各地——它有五百多張病床，巴特希娃醫師他們長島猶太醫療中心、我們猶太森林山醫院都是三百多張病床，也是每天都被病患塞滿，不要說氧氣機這些醫療設備實在不夠用，醫療人員多是自己湊合製作全身防護衣——啊，我常忍不住說這些，因為真正吃驚了。」她打開電腦，在葉朱莉手機下載兩份資料，說：「還是談談妳這次來相關的事吧，妳來之前我電話問了巴特希娃醫師——我也給妳兩種資料參考，有一份是我們現在的用藥，早先我們參考法國、中國小型臨床實驗用羥氯奎寧，這原來是用在治療瘧疾、類風濕性關節炎、紅斑性狼瘡和緩發性皮膚病變紫質症，五月間川普總統感染也這樣治療，他還在電視推廣這種用藥，說自己已經定期服用這種藥還有鋅補充劑來預防新型冠狀病毒，這種藥當時被認為有效，很多病患定期服用這種藥沒發生嚴重特殊傳染性肺炎案例，但是，它有副作用，嘔吐、頭痛、影響視力、肌肉無力和過敏，後來也發現還是有人感染並且死亡，所以，現在也不用，我想它有點用，當是因為主要機制有調節人體免疫作用功效，這樣看，巴特希娃醫師請妳多加認識病患日常家庭用藥，確實有點道理，家庭用藥相關慢性病患，長期服用是否可能降低免疫力值得深入研究，另外，因為那一波疫情感染和死亡人數非常多，就有各種臨床研究可做，我正在做的是研究孕婦——以前SARS-CoV-2流行，孕婦感染不一定會有症狀，但是，感染Covid-19孕婦和未懷孕育齡女性相比，嚴重後遺症風險較高，與未感染或無症狀孕婦相比，發生妊娠併發、早產風險可能增加，子宮內傳播則很少見，新生兒多是健康正常，這裡面的機制值得研究——唉，做這些研究至少可以讓我暫時忘記這可怕瘟疫，是啦，現在出現很多用藥實驗，不久後也會有疫苗上市，但是，我和巴特希娃醫師一樣，現在比較相信人體自身的免疫力。」把手機還給葉朱莉，她又說：「Covid-19折磨這麼一場，我最大收穫就是確定要學保羅教授那樣也做醫療、研究和教學，這樣確實和疾病正面作戰，這樣認真過一生。」

葉朱莉再次開車上長島快速道路，要去邁蒙尼德醫療中心看瑪格莉特醫師；她在紐約市開車進出皇后區愛開這條路，因為它東西橫貫，幾處交流道可在紐約市各區四通八達，也因為這條快速道路會經過加略山墓園。這個墓園約在兩百年前由一位天主教大主教捐獻，至今擴大到近四百英畝，超過三百萬人在那裡安眠。

這一路她車開得順暢，也心情愉快；想到今天和兩位醫師見面，怎樣做研究寫報告已經心裡有譜，而且胎兒怎麼能夠拒絕母親感染的新冠肺炎病毒，真是值得深入瞭解的課題。車子開上一段高架路段，跨過加略山墓園三個區；這一會兒，從車窗可以看到墓碑在墓園長邊整齊展延到地平線上的樹林、兩座工廠高聳煙囪和遠處樓群。她在這附近交流道轉上大中央快速道路，看到墓園第一區；那裡有一個小天主堂，她母親墓地就在附近，和一些愛爾蘭人鄰居。那些愛爾蘭人，多有子孫已經不在人世，只剩得墓地上站立塑像，歷經滄桑多還華麗生動。

車子沿著東河、曼哈頓橋、布魯克林橋一端、自由女神下方的哈德遜河段，在西北外緣進入布魯克林區。荷蘭人以前在東河邊建立六個村莊是這個社區的現代開始；布魯克林在古荷語看，這些村莊建造在沼澤地。後來，這裡變成煤氣公司家族農場，再因分割賣掉，形成現在社區樓房林立模樣。儘管紐約市貧富差距非常懸殊，在原始沼澤地和農地持續建造起來，布魯克林大部分地區街道像棋盤工整布局；寬闊商業大街邊分歧出許多寧靜住宅巷弄，和多處紐約市各區郊地一樣，尊重傳統歷史文化喜愛自然空間。那裡住家多環擁在綠蔭裡，兩層樓房、獨棟大洋房、雙拼或連排、拱門頂著敞廊陽臺和樓閣、突窗和細柱、紅磚厚重等等建築和裝飾，色彩繽紛，風格萬千。

因為加略山墓園遼闊肅靜和這種厚重繁華市郊景象，葉朱莉也想起舅、姨和弟弟，還有其他親友、同學在這城市散居各地，不像是花果飄零；這樣想像，因為前兩位猶太裔醫師談了移民美國的猶太民族，不得不的遷徙背景和勤奮努力。

進入布魯克林區，她按索珊娜醫師建議，順路在十三街看一下極端正統派哈雷迪教派猶太人聚居地；她以前和先生來過附近一次，沒想到索珊娜醫師說是他們最熱鬧地段。街面看起來有點凌亂，有些路邊甚至可以看到裝有垃圾的小袋子或報廢的腳踏車堆積；偶爾路過北美紅槲櫟樹，開始有樹葉泛紅，也有樹枝枯萎；看似因為無人照顧都無精打采。這次看，確實和她以前印象不同。除了猶太人，她只看到幾個拉丁裔工人；路上行車裡也沒看到亞裔。猶太男人在街上行走看起來多一派輕鬆，婦女臉上則多無血色。成年猶太男人白衣黑褲黑外套戴高黑帽，都留有兩鬢垂在耳際，婦女幾乎都穿黑色衣裙或黑褲，穿褲襪或長襪把腳腿包覆；大部分婦人推著嬰兒車，且常有一車兩個幼兒，或著母親身邊跟著好多小孩。這裡猶太男人多不工作，只勤讀經、解經、抄經，女人出外工作養家；因此，多有貧窮人家，必須仰賴各種猶太人組織的慈善基金支助生活。細看街面招望看板，似看不到其他地方到處可見的連鎖超商、餐飲店和智慧手機店；因為他們信仰的教義，對乾淨食物和資訊規定很嚴格。

她把車停進邁蒙尼德醫療中心在第十街和四十七街交口室內停車場，這裡還有檢驗中心。

在入口處圖示，她看這個醫療中心很龐大，以空中走廊跨越四十八街連結急診大樓、兒童醫院和捐血中心，再以一道空中走廊跨越四十九街連接內科病房；另有放射性治療和老人保健醫療兩處樓房坐落急診室對街。

在空中走廊看，紅色磚石砌樓房中有灰白新大樓高起，而急診大樓寬闊半圓上層更加烘襯這醫療中心，像是一座堡壘盤踞兩三個不同街段。

瑪格莉特醫師有一頭中分金髮，鬆散束了馬尾垂在後背，所以，眼鏡兩旁不全顯露，眼前鏡框上緣也垂有一點亂髮，像是不拘小節，但是，白袍全都上扣，衣領和胸襟熨得平整，長袖邊更是明顯熨出筆直線條。

「索珊娜醫師在妳離開森林山就給我打電話，哈哈，她還好吧，她和巴特希娃醫師都還沒從惡夢中醒來。」

「看來真是這樣，她請我吃烏茲別克料理，我第一次吃，很開心，她自己卻沒什麼胃口。」

「一定是給妳吃了撒馬爾罕抓飯那種料理，我們猶太人也有，米飯、蔬菜、各種香料，但是，我們使用雞塊──」瑪格莉特醫師說：「下次妳來，我們去吃猶太傳統食物，烤羊排，我們吃羊肉多是綿羊，野放綿羊肉質軟嫩沒有羶腥味，喔，但是，那樣烤其實是阿拉伯人料理，我們紐約市猶太人，來自世界各地，混有歐洲、北非、摩洛哥、阿拉伯人料理，妳一定吃過沙威瑪——」她比著手勢說：「那種把肉片堆疊很高，烤熟，用刀一片片切下來吃的旋轉烤肉，這種奧圖曼帝國時代料理我們向約旦人學來，我們用羔羊、山羊、牛肉、火雞或雞肉，啊，獸類我們極端正統派猶太人只吃會反芻、腳蹄分叉的像是牛啊，羊啊，所以，我們不吃豬肉，豬不反芻吃進肚子的食物，啊，如果我們猶太人料理自有特色的話，就是相關聖經、經典和口傳戒律，例如耶穌吃的未發酵餅、上面撒的牛膝草粉或聖彼得魚，這種魚，羅非魚，就是耶穌在加利利湖給信眾分五餅二魚其中一種，加香料或番茄汁烤很好吃，保羅教授說是類似你們的什麼魚——」

「當是說吳郭魚。」

「妳吃過那種魚吧？」

葉朱莉想說早先吃過幾次，後來多有從養殖場逃逸，在野外池塘、溪流野生，大量繁殖，非常汙染，而有人撈了混進市場，她不敢吃了；她只微笑點點頭。

「我們極端正統猶太人也不同時吃奶酪和肉，因為可能會是用母親的奶烹煮子女或父母、兄弟姊妹，太殘忍，怎樣吃好、什麼不能吃，這在創世紀和利未記都寫很多，不吃無鱗無鰭的魚，逾越節裡吃沒發酵的餅或麵包是一種紀念，逾越是逃出埃及的意思，逃難時來不及發酵麵糰呵——啊，這樣開場和妳談也好，我們自由市公園這幾條街住的幾乎都是猶太人，而且都是極端正統派猶太人，我們這邁蒙尼德醫療中心不只是醫療機構還是學術研究機構，還有兩家醫學院，在醫療技術或器械常有創新和發明，美國衛生與公共服務部把我們列為全美死亡率最低五十家醫院之一，問題來了，這 Covid-19 來得像聖經裡的大洪水——我們這裡的猶太人，只相信經典、戒律和祭師，那時認同川普總統號召幾乎都不戴口罩，疫情有其他地方六倍高，現在也還是多不戴口罩，就這麼死很多人，葬在附近綠蔭公墓，除了抬棺教友，沒親人也沒鄰居送行，喔，祭司也死幾個——唉，聖經如果記有選民登上諾亞方舟必須戴口罩，這次就不會死這麼多人。」瑪格莉特醫師說：「聖經、經書等等，對於潔食要求很嚴格，商店對食材是否潔食也標示清楚，潔食與否當然和健康有關係，既然死了那麼多人，我就想把我們飲食習慣重新認真認識一下，例如索珊娜醫師請妳吃撒馬爾罕抓飯，裡面的小檗果乾含有小檗鹼，對舒張血管抗拮血小板都有益助，可以降血脂、血壓、血糖，我就是想把我們的潔食細節，包括其中可能有的藥理，整理出來。」

「謝謝妳提醒我這事。」葉朱莉說：「對人來說，食物具有生化元素，因此會影響物理結構，例如剛才妳說你們不吃無鱗無鰭的魚，有一種魚我們連鱗片吃，有些人還會特地把魚鱗蒸煮出湯汁，放冷成漿凍，含蛋白質、脂肪、多種維生素，還有鐵、鋅、鈣等等，這對提升人體免疫力有益。」

「哇，是的，我就是這樣想更加認識這些事，例如聖經說求你用牛膝草潔淨我使我能乾淨，我就認真去認識，這因為牛膝草富含精油可以除臭可以振作精神，它的成串紫藍色小花蜜蜂也愛，牛膝草還含有蛋白質、脂肪、維生素、鈣、磷、黃酮類化合物、小麥黃素等等成分，把它磨成細粉當作香料調味，或曬乾泡茶，都很好，這樣研究除了營養師，還需要生物化學和化學生物這些領域的科學家一起做。」瑪格莉特醫師說：「啊，這新冠肺炎病毒竟然這樣影響我一生。」

3

葉朱莉要去加略山墓園祭拜母親，只邀女兒同行。她讓女兒開車，上了車，繫好安全帶就藉口休息。這麼一閉眼，她也沒心思在車上談話，因為母親影像生動在她腦海浮現，像是和她打招呼，讓她有點吃驚；那是浮雕在墓碑上的母親半身像。

她母親出身海軍中高層軍官家庭，完成自己師範學校教育後，協助父母養成弟妹且都完成大學教育。以前，在臺灣的外省人不知為何——或是沒安全感，愛來美國留學，留在這裡工作。她的姨舅、弟弟如此，先生也把子女都帶來了。她母親後來決定來紐約，還是因為她弟弟再三勸說可以幫他們照顧小孩教育小孩，特別是教音樂；這在她母親愛犧牲奉獻相當有說服力。

紐約天氣近半年寒冷，母親後來常咳嗽氣喘，自己認為是天寒感冒。那年聖誕節她越洋給母親電話請安，中國農曆年她又給母親賀年，兩次都聽到母親咳嗽，就敦促弟弟一定要帶她去健康檢查。後來，她親自來紐約，母親肺腺癌已經惡化到第三期；開刀切除部分肺葉，癌細胞又移轉至附近骨骼和肝。化療和放射性治療的抗藥期後，癌細胞再往大腦轉移；手腳無力、痙攣和頭痛，這是末期了。

「我們到了喔，媽媽。」王容思說：「有好睡嗎？」

「妳開得很安穩——我有睡一下。」

他們把車暫停綠地街加略山墓園第一區入口對面，第一香料公司路邊；這公司很具規模，銷售各種肉類、家禽、海鮮、休閒食品，還有義大利麵、米飯等等蘸醬敷料可用的天然香料。很多人工香料含環境賀爾蒙，對人體內分泌系統和神經系統會有不良影響，天然香料在煮食調味很好用，能抗氧化和發炎對健康有益助。有一年她和先生來這裡，好奇，想參觀一下；問清楚他們身分，有一位經理出來為他們詳細簡報和實物觀賞。後來，她先生和這位經理成了好友，常來買，分小罐送人：她每次來也會買許多回臺灣。這家公司香料近三百種，她多是買臺灣少見或異國特殊香料，藉以多加認識和學習料理，在自然健康飲食範圍內酌加使用。

墓園以矮牆、欄杆和草地隔離道路，在路邊就能看到林立墓碑，看起來比較像紀念碑林，像公園。

加略山墓園最古老的這第一區，名為聖加里特斯區，入口有中門和兩邊側門，用兩對高矮門柱分隔。門內小花圃，白色平臺上立有耶穌釘在十字架和架下三個婦人；兩人站立一個側身跪地，依據福音故事，當是耶穌的母親、妹妹和雅各的母親。

第一區墓園將近一公里長寬，從高起中央地帶向四周展延，和緩邐迤下坡，由幾路縱橫曲折分隔大小十五區。墓碑整齊在各區面向東西或南北，高低大小不齊或建成神龕小屋或建成翻開的聖經，多有墓碑建得寬闊或高大，且有在上面立十字架或全身塑像；如此葬了上百萬人。十九世紀中，紐約市霍亂流行造成大量死亡是這個墓園起因，這裡也有特別園區紀念美國和墨西哥戰爭、美國南北內戰陣亡軍士；此外，有些名人墓碑也有較長記述事蹟。

他們把車開上高地停在一段有路樹的路旁，她母親的墓使用墓園管理處移去一棵樹的空地，立了粗重鋼筋混凝土十字架，柱上四面水泥鋪面浮雕母親四種半身像，刻了生死年和姓名，加註：一個虔誠的天主教徒和小學教師；她弟弟說，這是自己從事建築以來最得意作品。這小片墓地也是他弄來的，他曾經在紐約市政府任職有點人脈，知道有些官員葬在這裡，就給相關教會捐一筆錢；這裡還有些路樹在路旁兩頭或中間空缺，當就是這樣空出來使用。

他們拿出幾種清潔器具，把墓碑和基座這一年浮出的苔蘚去除，又用濕布把各種雕紋擦拭，再把花和祭品供在三層階級壇上，就席草地坐著；在他們北方，透過林立各種十字架和立像能清楚看到遠處曼哈頓區摩天樓群，在藍天白雲下連成一片，相互輝映。

「那時候，我有一個同學在英國威爾斯卡迪夫大學醫學院教書，參加小組研發癌症免疫治療法，說是對肺腺癌、乳腺癌、列腺癌可能有效，它的原理是，癌細胞表面 PD-L1 觸手能混淆免疫系統 T 細胞表面免疫抑制劑 PD-1，所以阻斷癌細胞表面 PD-L1 觸手，可以成為消滅癌細胞的一種新方法，她說要試試看妳外婆能不能以自願參與試驗接受治療，可惜，沒來得及去——癌症免疫治療法現在已經多被世界各國採用，也有不少治癒成功案例。」葉朱莉忍著淚水說：「唉，只活六十七歲，好不容易退休了，正要開始享受老年——那時如果沒來紐約，在我身邊一定不會發生這事，每次這麼一想，我就會非常怨恨自己，非常遺憾。」

「爸爸也很懊惱，常說對不起外婆也對不起妳——但是，他也是很晚才知道。」

「真要被責怪的是妳舅舅——他辯解那時候他家事業面臨重要轉折，忙不過來，疏忽了——他說的轉折，後來我知道是在忙想賺更多錢，唉——不知道怎麼說好，不好因為失去母親又疏離姊弟吧，只能怪我自己讓妳外婆來紐約，在我身邊她一咳嗽我就會注意。」葉朱莉說：「啊，我昨天在猶太森林山醫院聽索珊娜醫師說，最可怕的時候妳是在埃爾姆赫斯特醫院實習。」

「埃爾姆赫斯特醫院喔——那時啊，埃爾姆赫斯特醫院每天上電視，全世界都看得到，我怕媽媽在臺灣看到會擔心，所以沒說，也請爸爸不要讓妳知道。」女兒說：「我沒料到一實習就碰到疫情持續高升那樣爆發，指導醫師說我可以避開，先去別科實習，我不明白他真正的意思，但是，明白實習考核除了知識和專業具體表現，也考核臨床工作情緒和團隊精神，我問爸爸，他沒說好或不好，要我自己決定，只給我檢測免疫系統功能，做了肝臟腎臟、糖尿病、甲狀腺、腎上腺、電解質、免疫球蛋白這些檢測——那時候，病患大批湧進醫院，多是已經奄奄一息，上氧氣機、插管、心臟電擊，我不認識他們，同事的醫師、護理師我就很清楚，醫師和護理師都超時工作，再怎樣忙，醫師接觸每一個病人只七八分鐘，因為慌亂，一時疏忽自己的防護措施，還是有遭受感染或死亡，護理師則必須時常接觸病患，甚至於十二三小時，包括幫病患翻身幫助呼吸、擦洗身體、清理排泄物，這樣貼身接觸，假裝樂觀安慰病人，鼓勵病人，臨終前用平板電腦或手機和家屬連絡，讓他們和病患告別——有些家屬忍住痛苦強作鎮靜，溫情道別或虔誠祈禱，有些家屬和病患一起啜泣或嚎啕大哭，有些病患會憤怒指責甚至於詛咒醫療醫護人員下地獄——我在電視上看到護理人員成排站在醫院旁路邊，舉布條抗議個人防護衣不足，也抗議過度勞累，其實，那也是她們自己的無助求救，回到醫院他們還是會繼續疼惜病患，有醫師輕度感染回家隔離休息，痊癒了也還是回醫院繼續奮鬥——我這樣完成第一個七星期實習，對醫療人員奮不顧身的精神和光輝非常感動，但是，病患一個個死去，啊，有的病患上了氧氣立刻看起來頗有希望，沒多久竟然就心臟衰竭——」盈眶淚水終於滾落，王容思用手背擦了，又說：「很難忘記。」

「昨天，巴特希娃醫師、索珊娜醫師也這麼感慨。」葉朱莉說：「曾經——很久以前了，我剛擔任住院醫師，有一天深夜突然有看護按警鈴，我匆匆趕去看，那個老太太那幾天心跳經常不正常，那次心跳機一直跳到三百一十幾，她是養老院送來的，以前心臟梗塞動過手術，這種病患因為手術結疤常會不正常放電造成心室頻脈異常，本來就有心房顫動問題，一下子就心腦缺血缺氧猝死，這老太太來的時候是失智狀態，整天昏睡，那時，像是忽然醒了，張開嘴巴睜開眼睛，流下眼淚，這對我打擊很大，必須安慰自己，那個老太太身心條件非常不堪早就被子女遺棄，任何醫師也不能治好，但是，她的生命在我手中消退，我還恍惚看到她下床，走到窗邊，打開窗戶飛進黑暗夜空——這又讓我非常驚駭、非常愧疚、非常挫折——我後來選擇家醫科，認為比較像是預防醫療，使人不生病比較重要，使自己不生病當然更重要，所以我也認真再學營養學，昨天瑪格莉特醫師也談到想再多加充實營養學，還提起生物化學和化學生物——」

路邊停下一輛銀白色大型車，走下她弟弟葉朱華。

「舅舅換了凱迪拉克。」王容思站起來和他招呼。

「剛搬去長島黃金海岸，那裡道路比較平坦，也就把車換了。」葉朱華親熱把外甥女和姐姐都抱了一下，再去摸母親墓碑塑像，說：「今年祭日之前，我想找人在上面各刻一句聖經，這樣，一定會有很多過路人停下來看——這裡，現在因為疫情人比較少，平常或假日很多人當公園散步。」他看葉朱莉沒理他這想法，就和外甥女說：「幾年前我說要幫妳付醫學院學費，妳說是讀公費，或者妳畢業時我給妳一間法拉盛街面房子開診所？」

「哇，感謝你喔舅舅——我沒想自己開業，我要在大型教學醫院工作，一邊做研究，已經和我爸談過了。」

「喔，那樣喔，也許妳有一天會得諾貝爾醫學獎。」葉朱華說：「比猶太民族，我們的歷史文化更久遠，人才當然要更多表現，勝過他們才是。」

「呵呵，我也沒這樣想過，我只是想對抗疾病。」

「說醫學獎，因為剛也想在妳外婆墓碑上加一句：第一代移民。」葉朱華說：「今年春天爆發這疫情，經濟受影響，我們房地產業也損失不小——美國經濟衰退和通貨膨脹問題，這時看起來好像有景氣，因為聯準會把利率調降為零，希望大家多多借錢消費。以前的話，我就會冒險和合夥人找地蓋房子或買房買套房，我看兩年期和十年期公債殖利率都超過百分之三，持續倒掛都超過一個半月，經濟必然會繼續衰退，我暫時不玩了，已經下定決心把事業整理一下，保留一些以後必然會繼續升值的房地，這樣就好了，還有上億現金要怎麼保值升值，需要再想想，啊，自言自語了——可見我還是免不了焦慮。」他望著墓碑下平臺說：「煎餃連著整片粉皮看起來香脆，我很久沒吃母親這家傳煎餃。」

「已經拜過好一會兒了，我們可以開始野餐。」王容思說：「很多當地人看我們掃墓野餐覺得怪異，但是，也有表示羨慕的。」

祭品是平鍋煎二十個水餃、一大片鮭魚腹部、幾塊豆腐燒五花肉和剁散青花椰菜。

他穿剪裁合身西裝，披了風衣；面對墓碑站著用手指拈著吃了一片五花肉、一塊豆腐和幾個水餃，一邊吃一邊說：「今天醒來，不知為何想起很久沒和爸爸打招呼，唉，也許是暫時閒下來，感受疫情恐怖，比較有人性——他說姊姊前天來紐約了，我打電話去灣區沒人在家，再打去學校問保羅——姊夫說在這裡，我就開車趕來。」

「我這次來做研究，一來就忙，想過幾天再和你聯絡——」葉朱莉看弟弟這次瘦了一些，側面和墓碑上母親側面簡直像鏡映，忍不住說：「媽媽真是很疼你，有吃的就把你招來呵。」

「唉，是啦，我如果一直在市政府工作，每天下班在家一定不會發生這樣的事——」葉朱華轉過頭，說：「我也很久沒流淚吔——」這一轉身，他定定看著高聳林立墓碑、塑像間遠處曼哈頓摩天樓群，一會兒，說：「哇，One 57——以前從這裡遠看沒注意，路邊樹蔭旁看去，那棟藍色有斜弧頂的卡內基大廈，就是有名的五十七街一百五十七號——在這裡看到的竟然是中央公園南邊和那一帶，還有第五街億萬富豪住宅群，那些住在雲端的人清晨或整晚花天酒地，中午醒來，手上拎著咖啡，走向落地窗或陽臺花園，俯視底下眾生螞蟻那樣藐小、名牌店、豪華酒店、藝術館、美術館、劇院音樂廳，真是金碧輝煌的世界——」這時，手機響了，他接聽後說：「差點忘了有工人要去長島家施工——我想把西邊迴廊加大，那樣夏天夕陽西下有時候在那裡晚餐——老人需要陽光，我為父親在向陽東邊保留了很大房間，這次我要好好和他談，甚至於跑一趟臺北去把他接來，唉，除了厭惡美國，這樣堅持——他是不是也因為有紅粉知己，不想離開臺灣？」

「紅粉知己——啊，我沒想過。」葉朱莉說：「也不好問。」

「唉，有的話，可以一起來啊，這樣也好有人照顧他。」弟弟說：「總之，這幾天我新家全部弄好會請你們來看看，然後看臺北疫情我來找一天回去。」

弟弟摸了一下墓碑，又是滿臉淚水，背著她們舉起手搖了一下就快步離開。

「紐約富豪現在並不流行凱迪拉克那樣笨重的大車。」王容思望著車子背影，問：「舅舅怎麼那麼有錢？」

「你舅舅有猶太同學能弄到資金，他在市政府工作知道都市發展動向，紐約移民因為民族文化差異，族群社區會變動，一個社區如果更多中國人、臺灣人、韓國人和其他亞裔人遷入，印度人或歐洲人就會遷出，皇后區法拉盛和皇后大道族群變動就是這樣，印度裔多遷往列治文山或牙買加山，有些白裔人口移往城市或主要白裔大社區——」葉朱莉說：「你舅舅還有建築專業，幾個人合股先就買房賣房或出租，後來蓋起那種整片公寓大樓——都市發展動向，曼哈頓唐人街新生代移民多是技術人員，可以在任何地方謀生，生活得更好，不會想擠在那裡，唐人街就開始沒落，百老匯街樓群就會往那裡拓展——妳舅舅不是僥倖，是認得這領域的變動原理，把握了時機。」

「喔，每個領域都有一定的運作原理。」王容思說：「還是很辛苦吧，要相當的得失歷練才能認識。」

「呵呵，很像舞臺劇。」葉朱莉說：「妳舅舅忽然上場來給妳示範一下。」收拾好祭品，她們走幾步路去附近十字路上樹林環抱的天主堂。

這座小教堂十字構成，鋪橘紅瓦頂。兩扇前門從旁斜出浮雕三層圓柱厚牆，中堂和兩邊廂房立有兩支頂著高塔的突起多柱合抱圓柱；中堂頂上半橢圓高塔更加寬大，由八面牆座頂立內外共十四支小圓柱支撐，耶穌神像站在高塔上伸展雙臂，像是喊著圓拱門上雕撰的詞語：我是復活和生命。

走過教堂門廳，她們輕輕推開門板玻璃有花樣細格內門，一眼就看到天花板覆盆高拱中透出採光，室內還有這樣的玻璃門和牆上圓型小窗，但是，需要幾處柔和金黃燈光才不會覺得室內有點幽暗。她們隨意在三排長椅中坐下來，葉朱莉沉默望著前面講壇；幾級紅毯階級上兩旁圍欄的講壇那裡是高大漸深半圓空間，周圍壁上立十個拱門，有採光窗和燭光般燈火，另有兩盞燈光隱藏在天花板裡交相投射出朦朧金色球型光影，背襯講臺後面一座平壇上高立的耶穌像。

這個廳堂牆壁，多有那種立地拱門或股圓裝飾建構，立有各種天使和神像，或懸掛大幅聖經故事畫，隱藏單調四壁也烘托出渾融神境氣氛。

「好多年了——」葉朱莉一開口，聽到廳堂裡有點回聲，想起這裡的建築有音樂廳效果，停頓片刻，降低聲音說：「妳外婆告別式之後，不忍哀痛，我沒再進來過——妳記不記得告別式那時，神父引用什麼聖經話語？」

「沒注意。」王容思說：「我沒看過聖經，只在小學聽外婆說過幾個故事。」

「以前我們臺北家只有妳外婆是教徒，現在紐約家只有妳爸是，那句聖經出自約翰福音——我明白告訴你們，一粒麥子如果不落在地裡死去，仍然是一粒，如果落在地裡死去，就會長出很多麥粒。」葉朱莉拍拍女兒擱在膝蓋上的手，說：「我們就是妳外婆的麥粒。」

「喔。」

「我有時候也讀聖經，不是因為想信仰，而是喜愛讀妳外婆留給我那兩種聖經，有些敘事或故事確實也很有意義——起初神創造天地，地空虛混沌，淵面黑暗，神的靈運行在水面上，說要有光就有了，這樣就把光暗分開了——我心情不好時，也是這樣把心裡糾結的光暗分開——安慰死者和家屬這樣想像也很好，我剛看到教堂門廊上有刻字，我是復活也是生命，讓我想起這樣的經文——因為上帝自己會從天堂下凡下令，還有天使長呼喊聲和號角吹響，那時在基督信仰中死去的人會先復活，活著的人以後也會被一起帶去雲端，永遠和上帝在一起。」葉朱莉說：「三四月間紐約疫情我在臺灣看了不少報紙和電視報導，昨天也聽三個醫師說了一些，還有她們的心情——挫折，這次病毒，後來漸漸多有研究報告出現，我也經常看，妳當然也瞭解病毒、細菌和生物細胞都是蛋白和基因的原生物，差別在有沒有完整細胞結構，病菌、病毒和生物細胞生死爭鬥或共存共生，開天闢地以來就這樣，天花、鼠疫或西班牙流感，在全世界都是幾萬幾十萬幾百萬人感染，幾萬幾十萬死去，生命能倖存主要在自己的免疫力——」

「我看也是這樣。」王容思說：「病患也好，一般人甚至於醫師和護理師多是這樣。」

「所以不要太自責，這樣的疫情，病患能被送到醫院當是多有家屬，再怎麼孤單死去，就是麥子落在地裡——早就落在地裡了，再說，即使宗教信仰不同，都有自己的上帝、天使招呼和號角，靈魂也是會飛上雲端和自己的上帝在一起，任何宗教信仰都是讓人這樣想像，這樣得到安慰。」

「外公為什麼不願意來紐約？」女兒問：「外婆告別式那時他來，爺爺、奶奶和他都談得很投機，他看起來也很高興。」

「妳父親在紐約有父母要照顧，我在臺灣有父母要照顧，當時是想妳父親先將妳和立群帶來，沒想到這樣拖著——妳外公很厭惡臺灣政治環境，但是，認為美國現在更糟，認為現在世界那裡都一樣，他自己也喜歡獨居，說老家有院地可以種花種菜算是世外桃源，妳舅舅剛問他是不是有紅粉知己，我有點驚訝，哈哈，我也驚訝我自己怎麼沒這樣想過，我真的不知道。」葉朱莉說：「總之，就是心理打結吧——心理糾結，這種人的複雜處境和心緒紛亂很難理解，客觀矛盾既喜又憂產生心理衝突，主觀矛盾再生負面情緒，就無法理性解決問題，無法做決定，如果情況不緊急會迴避或拖延，這也都是我自己長期歷練，具體認識的人性和行為，所以我也不問，只能等他大腦有一天靈光一現——我這次來，看到五位醫師，巴特希娃、索珊娜、瑪格莉特、妳還有妳父親，長期歷練過，妳父親不會在醫療工作上分裂自己心理，如果在生死的客觀事實上發生憂喜矛盾，他也能很快就調整好心理，恢復自信，當然，這需要一定年齡的生活歷練——」

「心理糾結，啊，虧我自以為瞭解任何心理原理，竟然沒認得每天早上在鏡子看到自己臉部肌肉繃緊——主觀矛盾，媽媽這樣提醒我，真好，唉，也許忙過這一年實習，我真有點畏懼接下來的住院工作，我們這裡住院醫師訓練淘汰率很高，每兩天值班一次，沒有週六週日，值班工作會超過十二小時，早上六點上班到第二天早上九點，要這樣工作四年——」

「聽起來比我以前辛苦，哈哈，差不多吧，只是我已經忘了——現代醫師實際技術養成，就是在醫學院末兩年這臨床學習和畢業後兩年不分科住院醫師見習，喔，我還記得醫學院前四年，基礎學習除了有機化學、生物化學、人體結構、病理、檢驗、藥理等等這些醫學知識，我對微積分、社會學、哲學和心理學也很認真，這些人文學科開展我一種綜合生命、個人、社會、生活問題的盛大景觀，對人產生醫學院學生分外的認識和同情，胸懷也比同期同學寬廣，物理的力偶那種持續旋轉現象，算數的加減或數學的取絕對值，我都隨時用在察覺和處理負面情緒——正式分科後，我選擇家庭醫學科，以為整合生物醫學、行為科學和社會科學這樣不分年齡性別、器官系統各類疾病的保健預防、診斷和治療，在一般內科疾病、職業病和無法歸類科別的病症初步評估，這樣全能，比較像醫師，後來，我看自己的病患多是婦女和老人，因為長期勞累工作或老化，腸胃不適、各種疼痛症狀、心悸、呼吸道症狀、體重減輕、皮膚病、痛風、水腫或高血壓、糖尿病、高血脂、貧血、泌尿道症狀所苦，憂鬱、焦慮、戒菸也在家醫科門診範圍，真要實施治療是分出去專科，這樣，我就不能老老少少全面接觸各種病人，和我做學生時的想像差異很大，無論如何，多面對婦女和老人病患還是能讓我相當覺得成就感——」

「以後我想在精神科領域工作，爸爸也認為，除了高等物理、太空科技、資訊科技就是人的精神領域這心理學科，還可能有所謂的新知識待開發。」

「這樣挑戰自己——妳像是還停留在學生階段的單純，也沒多少時間想自己年齡已經到了一個新階段，我想提醒妳，是不是要開始留意身邊有沒有適當結婚對象，趁妳爺爺奶奶頭腦還清楚體力還行，可以幫妳照顧小孩，他們自己也能享受含飴弄孫樂趣——」

「有啦——我是幾次下課，無意中看到不少同學換了漂亮衣服，揹名牌包或假名牌包要上街去玩，呵呵，很羨慕，很嫉妒。」

「我看妳稍微增加一點腰圍會很性感——」葉朱莉摸了一下女兒突出的乳房和瘦腰，說：「女人身體，有了兒女比較不會騷亂，頭腦會比較清楚，完成這樣的階段，比較能夠專心致志做自己想做的事——」

「哈哈，第一次被摸乳房。」王容思羞澀說：「騷亂——我明白媽媽的意思，但是，忽然也想到，母親對女兒的養成是不是可以在一個階段上增加作愛?」

「哇，這想法——我不能說是突發奇想，這想法在女性精神醫學的預防和治療，可能是很有意義的想法，真可以認真想，我是說當作一個研究題目去加減各種相關激素那樣認識，這次來，我當然不行，呵呵，我已經被妳爸抱得喘不過氣了——啊，在教堂這樣開玩笑。」葉朱莉忽然把女兒緊緊抱在懷裡，溼了眼眶，說：「妳談起實習遇到疫情爆發，心理受創，我有點擔心，今天我就很放心，妳看妳已經又能開車上快速道路。」

4

葉朱莉坐在二樓窗口書桌喝咖啡，看天空飄雪；她剛在這次研究報告加上太平洋各島國疫情資料。昨天晚上她先生給她這資料，認為那些小島國同樣封閉在海上，雖然臺灣、日本、紐西蘭、澳洲、新幾內亞、印尼幅員較大產經條件較好，還是有參考價值。

這些島國，多在今年一月就實施旅行限制並加強篩檢；薩摩亞另有特別經歷，這一兩年，除了麻疹本身還因為反疫苗運動雪上加霜。麻疹病毒在全世界已經超過一千萬人感染，死亡超過十四萬人；薩摩亞剛在去年爆發麻疹疫情，全境包括道路封閉、停班停課，並派出醫療人員逐戶登門注射疫苗，且逮捕散布反疫苗的人——這樣努力，還是有五千多人感染近百人死亡。

汪洋中，從海關限制國際旅行，阻擋新冠肺炎侵入當然也有效，但是，旅遊業、國際貿易中斷、全球需求萎縮，即使有些產油和天然氣、魚產豐富的島國，也發生經濟問題；有些島國這一年還發生幾次颱風，損失嚴重。

她把研究報告初稿放進背包外邊隔層，以便在回臺灣的飛機上校對；這麼一想，她滿意這次短期研究，卻也更加傷感假期即將結束。因此，她對假期不能在這裡過農曆新年或聖誕節，覺得可惜。

十二月初這裡就開始下雪，門前道路必須幾次清理；前天晚上風暴更加大雪，到了昨天早上地面又積雪幾十公分，這時也又經鏟雪車和撒鹽車清除了。

這一陣子下雪，即使冬天暴風雪，民眾歷經整年疫情鬱悶困頓，多喜愛鮮活刺激；比往年更多民眾不顧市政府呼籲，歡欣在公園群聚，在街上堆雪人雪球、滑雪板雪撬，老少攀爬街旁雪堆從上面嘻笑滑落。但是，從她來到這幾天，紐約市感染人數已經從每天三四百人一路攀升到三千多人；累積感染人數近三十萬，死亡近兩萬。看似又有一波疫情正在發生。這樣，她覺得還是適時離開好。

學校又停課改為遠距教學，兒子繼續出門拍雪景；他說要走約四公里，一路擇要拍攝住宅社區和街景，然後去凱欣那公園拍攝原始林木、高爾夫球大片草地、湖泊和溪流。他沒在這個時候陪母親，她微笑想，也許有女朋友陪著。關於數位創作想法，在她之後，他們父子又幾次談數位模式、調性音樂以及其他各種音樂的特別表現模式，甚至於就用鍵盤探討各種和弦，像是彼此已經建立共識。女兒出門繼續最後七週實習醫師工作；她第三階段執業醫師資格考試一定沒問題，所以，再經歷兩年住院醫師工作就要出師了。她這次來紐約，實際看兒女成長和發展，覺得這家庭能夠合情合理隨時調整發展，可以是一種模範，覺得幸福。

紐約市幾天前開始打輝瑞疫苗，這個星期莫德納疫苗或許也會送到；另有幾種疫苗還在臨床實驗。第一批只有十七萬劑，施打對象是高危險醫護人員、相關工作人員和療養院住民。待疫苗陸續送到，再次優先施打對象是有併發感染高風險基礎疾病患者、高齡老人，以及和公眾互動無法保持距離的必要工作人員。其次擴大施打對象是檢測現場工作人員、接觸者追蹤人員、門診護理人員、牙醫、物理治療師、警察局醫務人員、透析中心等專業診所工作人員；再一梯次是家庭護理、臨終關懷工作者以及更多療養院工作人員。明年中，疫苗足夠，才會開始施打一般民眾。

疫苗遲遲不來造成疫情中另一種爭搶恐慌，許多人質疑疫苗分發順序。疫苗匆匆上市是否有效，是否會有後遺副作用、政府是否可以強制人人施打，也有不少學者、專家、公眾輿論劇烈爭議。

在茫茫雪地中這樣恍惚，她忽然看到先生的車停在門口，陸續走下巴特希娃、索珊娜、瑪格莉特三位醫師，她趕忙穿上外套跑下樓去迎接。

她們在餐廳圓桌坐好，她立刻端出電鍋保溫的魚翅羹，給每人各一片厚實背鰭排翅和一卷魚翅頭。

「我們先趁熱吃，保羅一會兒來。」葉朱莉又拿出兩瓶酒，一瓶顏色金黃一瓶顏色紫紅，說：「這是我幾年前用臺灣米酒釀的鳳梨酒和李仔酒，這時喝一定很香醇。」

「哇。」瑪格莉特醫師說：「剛在羅斯福大道看保羅教授買海鮮，沒想到妳還弄了這樣的好東西。」

「只精心做幾樣菜，免得各位吃撐了懊惱呵，所以一道道上，請慢慢吃。」她說：「這是我們臺灣人年節饗宴的部分樣式。」

「容思在實習，羅傑不來一起吃嗎？」索珊娜醫師說。

她說了兒子課餘都在忙數位創作，並且打開手機在餐桌上播放他的春天作品。

「哇，我上次來這裡他才上高中，現在讀法商學院，還做數位創作，很酷——」瑪格莉特醫師看著巴特希娃醫師，說：「怎麼了，依娃同學？」

「疫情又起——真是惡夢。」巴特希娃醫師拿手板拍了拍腦袋說：「一下子恍惚了。」

「我來陪妳們聊一下。」王保羅端來一鍋佛跳牆，坐下來，問：「有誰打疫苗了？」

索珊娜和瑪格莉特表示不想打疫苗。

「儘管市政府衛生局表示輝瑞這類 mRNA 疫苗，不會和人體 DNA 發生作用，聯邦食品藥物管理局也表示，會嚴格要求業者試驗和製造程序，我還是不相信緊急授權的疫苗，這在政治主要是衡量挽救經濟，在商業是超級大商機，英國已經發現有副作用——」巴特希娃醫師說：「但是，我打了，因為怕萬一感染，回家連累家人。」

「我沒打，因為父親不准許家人打，說是不潔，唉，疫情如果繼續這樣攀升，就會是年初三四月那樣，我們極端正統派猶太人社區又會有許多人蒙主召喚——既然疫苗只是刺激和提升人體免疫力，我就多吃一些保健品，每天吃十幾顆——疫苗功效只有幾個月，就是打了還要繼續打，這樣持續刺激免疫力當也會是問題吧，實在不知怎樣好。」

「完全開放病毒任人感染，死掉幾分之一的人，病毒可能也就跟著消失，但是，聽任這樣優勝劣敗，畢竟殘酷也不人道，這種世界末日瘟疫，讓我重新認識我的宗教信仰，以前總認為我們東正教比天主教保守、禮儀冗長沉悶，遭受疫情折磨後才開始能稍稍體會其中反覆讚頌聲音的神祕。」索珊娜醫師說：「朱莉醫師也信天主嗎——我以為，我記得保羅教授好像是去臺灣教學做研究，在教會和妳認識。」

「朱莉的母親是我母親臺灣朋友的教友——她們是天主教徒我母親是東正教徒，我祖先原來住在中國東北的哈爾濱，俄羅斯南邊，那裡有不少東正教徒。」王保羅說：「朱莉生活態度和思想比較像科學家、哲學家，她如果有宗教信仰，當就是祖先崇拜，所以看重家庭，她一時不住在這裡，喔，我好像和妳們談過這事——」

保羅這樣對學生介紹她，無關褒貶，葉朱莉還是有點驚訝；這是她第一次聽到有人這樣概括把她定論。她看沒人接續保羅的話題，就說：「我遠古祖先住地在歐亞大陸東緣海邊，那裡最早建立的國家宗教信仰最高神是花神，那是女性生殖力的想像，這個國家被信天的民族滅亡後，不准信花神，改信祖先，雖然這已經演變為崇拜男性生殖力的想像，我也可以接受，畢竟花族的永續傳承可以是美麗的想像，希望無窮。」說了，她起身說：「我再去廚房弄東西，讓保羅和妳們多多介紹我，我覺得和妳們非常有緣，這種友誼的感覺也像宗教信仰。」

走進廚房，她望著後院子蘋果樹、櫻桃樹旁那片草地發呆片刻，她和先生完整的家庭生活只有他在臺灣教學期間那幾年，之後就是家書聯繫和每年假期來往；這樣的夫妻還能長久維持，這時她想真有點像宗教信仰。

她把先生已經切好的肉絲、香菇和洗過的長糯米下鍋炒，調味後，放進電鍋煮油飯；再用兩層小竹籠清蒸六隻大閘蟹，然後弄好薑絲醋沾汁。她想，蒸好大閘蟹可以把籠子也端上餐桌，讓先生在一個大盤子上用剪刀為她們逐隻拆解。那時，她再用鍋子，以蒜泥、奶油清蒸六隻整理過的龍蝦；她加奶油，以為西方人習慣這樣調味。吃完龍蝦，油飯當也煮熟了。這麼想，她忽然領悟自己生活的一切，能把相同和近似的單元放進一個能流動的系統，即使其中有不少相異也不會影響整體均衡；這就是兒子說的數位模式。

葉朱莉最後一次回到餐桌，就是請客人品嚐進口廣西沙田柚，喝臺灣烏龍茶；這是最後餐點。她們正在談政治，談美國霸權不再、經濟衰退、貧富差距，這樣談因為巴特希娃醫師倦怠醫療工作，想參選國會眾議院議員。

「想幫助更多人，這樣想當然好。」王保羅說：「紐約上個月選舉，紐約州有十六席眾議員紐約市有五十一席市議員，下次眾議員選舉是兩年後市議員選舉是四年後，先來想辦法募款，一定要有相當的經費做宣傳才可能參加選舉，選舉一定要大量花錢宣傳自己，民主政治退化成這樣呵——如果幫助華人爭取農曆新年為國定假日不僅是學校假日，我想朱莉的弟弟當是可以捐獻一點，他在我們這灣區和索珊娜他們森林山那裡都蓋過幾處大樓公寓，他也有不少猶太朋友，喔，你們三位也都是有點錢的猶太人，有許多猶太朋友，認得幾種猶太基金會，疫情如果繼續起伏，經濟如果繼續衰退，兩三年後政治情況一定會相當改觀，新人會有機會吧。」

「這樣談，我想起以前實習醫師階段，清晨在社區裡遇到的多是醫師和醫學院學生呵，真是很辛苦。」瑪格莉特醫師說：「再一小時就天黑——我們是不是要告辭了？讓保羅教授和朱莉醫師休息一下。」

「我們就各自回家吧，不煩勞保羅教授了——」巴特希娃醫師說。

「這樣的疫情，我還是開車送各位回家好。」王保羅說：「我有幾種香料要送妳們，都只是小瓶裝，朱莉還要送妳們各兩個沙田柚，這就有點重，啊，我們還可以在車上聊天，我真是很久沒看到妳們了，今天很高興。」

她們想像葉朱莉說的年節饗宴，和她熱烈擁抱祝福新年，就帶著成袋禮物隨先生去車庫。

葉朱莉冒著風寒等在路旁和她們再次道別，看到兒子從另一個方向回來，就繼續在路旁等他。

「今天拍得很高興吧？」她問。

「凱欣奈公園人很少，還是拍到一家人拖著雪車和小孩玩得很開心——」王立群吐著寒凍霧氣說：「地上鋪了一層粉雪，天空還飄著雪花，樹葉脫落樹枝黑壓壓交錯，這樣景色真好看，我以為湖水已經結冰，還沒，所以看到成群鴛鴦和一對白天鵝，啊，今天拍這個，已經傳一些給外公看——」

「這樣好，辛苦了。」她挽著兒子腰往家門走，說：「客人剛離開，你可以先吃一點龍蝦、大閘蟹，其他我給你熱了再吃。」

「我不是很餓，哈哈，只想著拍照和錄影。」王立群說：「等姐姐回來吧。」

她把餐桌清理，重新擺上碗盤和餐具；想到這一餐原來想像是提早過年節，一時就動起做蜜豆年糕和蘿蔔絲糕的應景念頭，趕忙用壓力鍋煮紅豆。這時，女兒帶一盒巧克力蛋糕回來，葉朱莉想了想還是要繼續做這兩種年糕。

「爸爸說暫時不要打疫苗，媽媽覺得呢？」王容思一邊把手仔細清洗。

「這問題確實矛盾——」葉朱莉望著已經暗下來的後院子說：「戴好口罩，常洗手，保持人際距離，小心謹慎，當是沒問題，萬一強制規定醫療人員打疫苗只能認了——這樣限制自由，是人類社會制度、政治制度老問題——疫苗必定只是偽裝病原體，用來誘發人體免疫反應和免疫記憶，如果會產生副作用，在健康的人來說免疫系統應該還是可以依賴，就是樹突細胞、巨噬細胞和 B 細胞，那些抗原呈現細胞會繼續處理的對象，這些細胞在人體肺肝脾腎骨頭神經組織結締組織都有，一旦發炎，巨噬細胞就會去圍堵，人身心這樣精緻靈敏，正是有生命以來歷經各種有形無形病毒災難考驗，所以，就是把這次瘟疫當作健康檢查吧。」

「媽媽真是比較能安慰人——」王容思說：「我好想和她作愛。」

「哇。」王立群說：「可以這樣想喔。」

「可見你們多麼想念我——」葉朱莉在窗上看女兒忽然用手背拭淚，說：「醫師一定要能比一般人堅強，堅定。」

「哈哈，不是煩惱這事，是想媽媽如果能延後幾天，至少聖誕節後再走。」

「唉，九月那時，我看美國開放外國旅客，擔心疫情多變，匆匆忙忙就來，沒仔細算日子，真是可惜——但是，現在疫情不就是天天在攀升嗎，每天已經三四千人感染，這樣的速率一個月後就是每天五六千人，就是年初那次高峰情況，所以，我早一點離開也好。」葉朱莉說：「我們趕快把晚餐弄好，你們早吃早休息，保持好體力，今天你爸爸接送客人已經開車兩趟，哈哈，像開計程車，他過動，一定開得很高興，等等我不會讓他再開車送我去機場，容思也是——我原來想在回臺灣的飛機上校對研究報告初稿，現在想早點去機場，在那裡看，飛機起飛我就睡覺。」

王保羅回來時，王立群給他磨一杯咖啡，他邊喝邊翻聖經找經文；王立群就坐他對面繼續欣賞自己的攝影。

終於，大家在提前的年夜飯氣氛下就座；王保羅致詞說，神賞賜恩惠的，有使徒，有先知，有傳道者，有牧師和教師，有醫師和創作者，希望養成他們成為教會聖者、服務者，擴展基督團體，直到所有人都認識神的兒子，在信仰中和睦相處——這是使徒保羅給教會會員寫的信，謝謝朱莉、容思和立群陪我禱告，這一年驚恐我常翻閱保羅書信，新約聖經大半是他寫的，帖撒羅尼迦前書後書、哥林多前後書、加拉太書、羅馬書、腓立比書、歌羅西書、以弗所書、腓利門書、希伯來書、提摩太前後書、提多書，哈哈，我並不古板，我並不在意你們願不願和我一樣信仰，我也略改了經文，加了醫師和創作者，祝大家新的一年平安如意。」

「新的一年我也要來讀讀保羅使徒這些書信，當作保羅爸爸的書信那樣讀，媽媽從網路的來信我都收在一個檔案夾，經常會打開再看——」王容思對王立群說：「媽媽的來信，應該可以選編一點來創作？」

王立群挖了一瓢羹大閘蟹膏黃，吃了，說：「真不錯——啊，我也許可以用加略山墓園和外婆墓碑那裡的小教堂景色，先把保羅使徒書信選一些來創作。」

「今天真有點像農曆新年除夕夜——中國神怪傳說有年獸，年末歲初在各村庄害人，紐約這疫情有點像，可以這樣想，過去二、三十年，我們這個世界有很多變化，氣候變遷造成原始冰層或凍原融化，人為深入破壞也就接觸原始森林，生活高度物化和各種汙染，可能的人為生物戰，就這麼出現許多新病毒，伊波拉、愛滋病、SARS，原來就有的各種病毒量也大增，人就像泡在病毒醬缸裡生活，這次疫情可以看成這人類境況的提醒，已經有很多專家學者強調人體自身免疫力，我要說的是，即使沒有 Covid-19 我們的免疫力每天都也是在和各種病毒各種病菌作戰，所以需要時時補充加強，更加注意飲食、運動，及時處理負面情緒，保持樂觀——這是我這次來考察研究最好的心得，我這次來真是收穫很多。」葉朱莉說：「因為來到一個嚴重疫情現場，重新認識人的免疫力，這像是人存活和健康的準則，真的，凡事都有適當的運行定理和程序，立群想數位創作已經有譜，容思要研究人的心理和行為，這除了神經科學、精神分析，當然可以更加認識人體分泌各種荷爾蒙的作用，影響相關器官的慣性和利弊，還有，既然身為女性，當然可以更加對女性研究，這條路也不錯，總之，移民就是要更加勇往直前。」

5

葉朱莉清晨睡夢兩次看到大樓住家電梯裡有人倒斃，她訝異自己在睡夢中還匆忙想出門看診；這種驚悚或警案劇情，也是從來沒夢過。

這一天，臺灣農曆年除夕日，公司行號、公家機關已經開始放年假。

臺灣沒什麼疫情，紐約第二波疫情在她離開一個月後達到最高峰，和第一波相近，這時緩降到每天感染約三四千人。她打開手機家庭群組，只看到家人按傳統習俗，互祝新年愉快或貼圖應景。農曆年獸到各處村庄禍害，村人投其所懼，用鞭炮發出火光，在廚房磨刀霍霍，發出巨大聲響；這種神怪傳說固然無稽荒誕，她倒是很想念以前全家團聚的年節熱鬧氣氛。

兩三個星期前傳統市場已經開始販賣平常少見的生鮮和熟食，她訝異那時候就已經有人買各種熟食回家冷藏，特別是多種過度調味或油炸肉、魚和食品。

這兩三天，多人返鄉，臺北盆地裡兩個都會街上車輛少許多，天黑後也多見高樓窗口明滅不齊。返鄉，都會在地人看，就是大量外來人沉默離開，興沖沖返回鄉下或鄉鎮故鄉；她想，這些地方當也是甚少年節氣氛，但是，可以和親人相聚。

二月開始到今天，都是陰雨或小雨，也冷；昨天有陣雨和雷雨，這時聽起來降雨已經趨緩。她看氣象預報，明天——大年初一起可能幾天多雲和晴，但是，她父親已經多年沒和她一起旅遊，她自己也沒想獨自這樣休閒。這麼一想，她就又覺得農曆年節莫名壓力；從社會人的最後養成階段，大學生活、進入社會、行醫看診累積的經驗，每年農曆年這幾天她都隱約覺得且喜且憂。除了無知童騃，她相信必定人人如此。人在長途擠車返鄉或行車困頓更加疲憊，會不自覺產生負面情緒，在地人不需勞累奔波，身心閒得發慌同樣可能產生負面的過度分泌各種激素。若按習俗訪親探友，相濡以沫，失意的人難免不勝唏噓；得意的人，即使只是胡扯搞笑，工作一時停頓可能習慣性焦慮，還是會發生多少的樂極生悲。

手機叮咚響起通知，她看到兒子私訊新留言，寫「媽媽新年好，前幾天出太陽，姐姐陪我去加略山墓園錄影，我想用保羅使徒哥林多前書第十三章第四至七節和哥林多後書第二章第四節，姐姐說媽媽一定會很喜歡這些話語，我就是因為她這樣說才想這樣創作，給媽媽看也給外公看，妳看是不是合適，爸爸說意思很好，墓園在新年則需要考慮，妳以為呢？如果可以，我配好音樂再傳去。」

她看了一下附件影像，答：「看起來很好，感謝喔。」

在午後偏西陽光下，以遠鏡頭對比曼哈頓區堂皇和墓園開闊，以中鏡頭呈現碑林整齊；這和她四個月前所見景觀相同，以短鏡頭或特寫集錦墓園中各種亡者、天使和神的雕像、塑像，則比她所見更加生動。

這場攝影，以她母親十字墓碑和側面雕像結束，卻又讓她感受農曆年莫名壓力。

她從床邊茶几拿起聖經，坐起來翻看哥林多前書第十三章第四至七節的經文，這樣寫：愛，需要寬容需要仁慈，不忌妒不誇耀不傲慢，不羞辱別人不圖謀名譽不輕易發怒，不在意別人對自己犯錯；愛，不從邪惡取樂以誠實為喜，總是愛戒慎愛希望，不屈不撓。這是她熟悉的經文，哥林多後書第二章第四節的話語則是她第一次深深被感動，這則經文這樣寫：出自非常憂傷和苦惱，我淚水盈眶給你們寫信；這不是要讓你們覺得悲哀，而是希望你們能夠明白我一直是多麼愛你們。

好一陣子，她為兒子業餘數位創作能在娛樂人也安慰人設想，覺得高興，卻也為想念母親覺得悲哀；她就那樣坐著，淚水滑落。

最近幾年除夕父親愛來這裡做菜，認為這裡廚房較寬敞。葉朱莉大早到附近傳統市場，已經寸步難行；她買一隻鵝、六隻斑節蝦、一條劍尖槍魷、一小袋牡蠣、十二個大蛤蠣、一厚片輪切鮸魚，就離開磨肩擦踵人群。

去年年初臺灣為中國疫情開過國安會議，也把防疫等級提升至第二級。世界衛生組織在中國、歐洲爆發疫情後，把這次疫情列為國際性突發公共衛生事件，臺灣開始從中國撤僑；世界衛生組織在美國和其他各地也爆發疫情後，又提升這次疫情為全球大流行，大量在西方國家的臺灣民眾也陸續返臺避險。後來，臺灣出現本土感染，新加坡和日本也發現無旅遊史確診個案，政府開始注重旅客進入海關的檢驗。

極度驚慌中臺灣沒什麼疫情會嚴重爆發跡象，但是，經濟活動大量萎縮，所以政府在防治和嚴懲也實施紓困和振興方案；此外，避免經濟繼續萎縮，政府並不主張如實公開疫情資訊，且相當限制討論自由，也不實施全民檢測，以免感染真相影響社會安定。

這樣驚恐、爭議的社會緊張僅維持半年，臺灣社會經濟在政府降級疫情和鬆綁下又恢復以往正常生活；直到今年上個月中，衛生福利部桃園醫院爆發群聚感染，封鎖醫院，才又提醒社會警覺。但是，防疫指揮中心啟動清零計畫，對桃園醫院員工和相關人員數千人做了各項檢驗，都表現出陰性，醫院內各處環境也沒採驗到病毒檢體。

葉朱莉不完全相信前幾天這項報告，只相信相當高水準的臺灣醫療體系在每天只有一二十個感染人，這樣輕微疫情下能完全防疫。但是，這樣少的病例，她也擔心臺灣不能對這次的病毒和疫情能相當認識。

病毒會隨環境和染體變異，所以疫情在世界各地陸續爆發，顯現不同的主要病毒類型，而尚未發生作用的病毒也不會被發現和認識。她也驚訝自己對這次病毒除了恐懼還有幾分敬畏，它們在變動中無法被科學完全掌握，隱約暗示科學所能及的世界之外，濛昧黑暗，神祕，而意識到泛神信仰的萬物都有靈性或是一種可能的真實。

回到家，她把廚房工作臺清洗一遍，從冰箱取出冷凍菲力牛排解凍，再把餐桌擦拭。這幾天，她已經抽空把家裡整理過，也把前後陽臺幾盆花和蔬果，噴灑了香蕉皮和紅糖發酵的肥液；她每兩週的星期天會施肥，這些盆栽看起來都長得好，即使前陽臺冬天東北風凌厲，梅花也每年這時候盛開。她給風中搖曳的梅花攝影，配了音樂，加了文字，傳給幾位親友賀年。清明節後，她就採收梅子，用伏特加和蜂蜜釀梅酒，在農曆除夕喝。

紐約這時晚上九點多，她又打開手機家庭群組，兒子說已經把下午說的加略山墓園影音貼上自己的數位創作平臺；又說，在網路上看了新聞，知道今天臺灣感染人數只有一個，而紐約感染五千一百多人死亡九十三人。

這個影片大抵就是他早先說的那樣，頭尾用黑底反白字各摘錄使徒保羅的話語，中間夾加略山墓園特寫集錦，全片用已經流傳三百多年的亨利．普賽爾作品，吹響號角，作為背景音樂。大鍵琴和號角伴奏，女高音唱：吹響號角直到各處都聽得到，讓傾聽的海岸也發出回響。這音樂真是唱活了這片開闊墓園，她想，這也像馬太福音寫的：他要差遣天使吹響號角，將他的選民從四面八方從各處天際招來。

父親來的時候，她打開這個影片給他看。

「立群做這個喔——法商學院課業不是很重嗎？」他一邊看一邊說：「看起來聽起來都很好，加略山墓園這樣看比我那次看莊嚴——」看到片尾他停格看一會兒妻子側面雕像，也停格仔細讀黑底白字經文，說：「這不是要讓你們覺得悲哀，而是希望你們能夠明白我一直是多麼愛你們——啊，這句話真是妳母親在我們家的寫照，她愛煮很多東西自己捨不得吃，就是那樣每餐吃前一餐剩菜，怎麼勸都不聽，這影片就確實能讓我想起妳母親是多麼愛我們，這就也讓我覺得悲哀了——那時，其實我有勸她，退休了有時去紐約走走就可以，不要去管什麼孫輩，唉，我們來想想年夜吃什麼吧。」

葉朱莉想以法式鴨胸的料理方法乾煎鵝胸，用海鮮做西班牙燉飯，但是，想到父親也愛做菜，就只在一旁幫他預備食材。

「幾年前妳建議改成除夕夜和年假期間，每餐只做兩三樣平常少吃的食物，確實合理，不會一下子煮太多好幾天都吃同樣東西——今年暫停這樣做吧，這疫情讓人有末日感覺——」他用一把小刀把鵝支解，說：「我不太談往事，立群那個加略山墓園影片，讓我想起和妳一樣，我也有非常愛家愛子女的母親和祖母，國共內戰，國民政府開始崩潰，我父親派人回山東找家人——他自己那時隨著政府或軍隊到處亂跑，在廣州當是看出時局即將破滅——那時候，山東有幾個城市已經被解放軍攻破，學校停課，十幾所學校聯合整編一起南遷，祖母堅持守家，以為先人是抗日烈士解放軍應會尊重，而且認為自己老邁難以流離顛簸拖累家人，有些家人早就帶家眷逃到外省，留下的家人不想跟著國民政府走——那個人沒在山東遇到我母親，她已經隨聯合學校帶學生離開山東了，就一路追去，我母親離開山東的時候，祖母給她打了一條新蠶絲被，在她背包裡盡可能塞進衣物，又用一條絲巾縫成腰間纏束塞幾卷鈔票、金飾和金條，那時學生能上學，多是地主和富有家庭，除了家長左傾，都鼓勵孩子跟隨學校南遷，畢竟啊，學生比較知識普遍低落的民眾，都是國共兩黨爭搶的資源，成群結隊，近萬學生和教師像軍隊移防，在荒廢學校、公家房舍，在私人宅院倉庫或廟宇夜宿，但是，經濟崩潰，通貨膨脹，雖然國家編給膳食預算他們還是經常挨餓，不久後，解放軍突破長江防線，他們沿著江蘇、浙江、江西和湖南，走了好幾個月，在江南雨季中一路拋棄淋濕書本和衣物，校長看不出那裡可安頓，就連絡山東籍高官、將領、中央民意代表，希望把學生帶來臺灣，就在那時，那個人找到我母親把她帶去廣州，沒幾天我父親卻又隨服務單位遷去四川，只好拜託人安排好他們先來臺灣，因為政府要員、黨政幹部、工程師、軍隊，也就包括他們的眷屬，都是重組政府的重要資源——那種亂世，無論有無放行條件，車站、港口附近，都是幾萬幾十萬上百萬那樣人山人海，擁擠爭搶，你在各地擠火車，裡面多是傷兵哀嚎、呻吟，有的就那樣在途中死去而被看成睡著，這樣，你多是必須爬上火車廂頂，必須專心保護自己，以免隨時發生騷亂被人擠下車摔傷、摔死，他們終於在廣州上船擠進甲板，碼頭上難民到處拋棄的財務，人命也不值錢，硬要擠上船會被舷梯警衛以槍托打擊或踢下海，或就當場開槍擊斃，即使這樣，難民還是前仆後繼拚命攀爬舷梯——啊，怎麼談成這樣了，這疫情真惱人，讓我想起我母親說的這往事。」

「喔，我沒聽過祖父母談這事。」

「他們非常堅強——」

「有些國家已經開始打疫苗，看起來有效，因為可以刺激、提升人體免疫力。」她說：「臺灣現在一般民眾還沒有疫苗可打，所以，我給你準備的那些果菜粉、維生素和礦物質膠囊，請你一定要定時吃。」

「好，好——我就是不習慣吃藥丸。」他把鵝胸肉、腿肉、脊背和各處碎肉、頭腳骨翅膀，拆解，分裝，說：「我母親也愛做菜——我長期公職生涯在中高層結束，處長，是啦，我有話直說，在底層工作對自己升遷頗有助益，在中高層則容易得罪長官，後來政黨輪替是實質改朝換代，文官體系崩潰，我繼續那樣耿直敢言會被視為不同政黨的挑釁，我也不以為意，因為全盤熟練自己業務我隨時可以問答如流，能扼要說明，所以工作單位邀請或受邀宴席我都有分——我公職生涯最大收穫就是因緣際會享受不少美食，也就能料理食物，哈哈，胸肉妳就按自己原來想法去煎烤，其他我就弄成各種下酒菜，年假中有幾個老同事會分批來找我喝酒，所以，我也會先弄一些香腸、烏魚子什麼的這些慣俗小菜，到時加溫一下就可以吃，像過年呵。」

6

這時候，臺北盆地裡櫻花和杜鵑花盛開。

鄰里健行隊有人想去近郊賞花，去烘爐地拜土地公；這是新起的元宵節民俗活動。葉朱莉看窗外陰天且似會下雨；她並無祈福祈財的信仰，還是出門了。

她在巷弄裡走捷徑去捷運站，儘管附近人家九重葛、藍花草和朱槿還開著，幾處人家門前茶花或紅或白多已凋謝，國小圍牆裡高大豔紫荊也滿地落花，她看了，覺得時光流逝，元宵節是年節氣氛最後餘韻。

捷運站附近十字路口，街景車流看起來已經恢復正常，只是行人還緊戴口罩。

捷運站入口廳堂集合處，一位中年女士和她招呼，說是領隊傳給她葉朱莉醫師照片，早來的話會遇到。

「是啊，團體活動我都早到，免得趕時間，才集合就緊張疲憊。」

「是這樣——」這位羅太太遲疑片刻，說：「想請教一下醫師，我有一個女兒才要上高中，心理像是有問題——」

葉朱莉門診那樣專心聽著，把她敘述的信息剪接起來這樣認識：那女孩小時候學業很好，還學兩三種才藝，但是，在國中階段每天多耗費在網路或手機，亂玩亂看；要升高中了，認真去惡補，基本學力測驗只達待加強層級，會考也沒什麼進步，她母親問她父親怎樣填選學校，她父親一看成績非常生氣，責怪她不學好，也責怪她母親沒把女兒管教好。暴怒失控，他還當面把她書桌上蘋果平板電腦抓起來重摔，又訓斥一些女兒無法忍受的話；第二天她離家出走，三天後回來，那時之後一年多都沒再開口說話。

「你先生有打她嗎——」葉朱莉問：「例如，打了頭部？」

「啊，離家回來那天打了一個耳光——我要帶她去看醫生，她不肯，她爸爸說不去看醫生還要打，不知道是怕還是不怕，就那樣常把自己關在房間，出門的話，就是在附近幾條街範圍內繞圈子，有時還會拖著小行李箱——」

葉朱莉想像這若不是腦部受傷，可能是創傷後壓力症候群發生的解離性漫遊，建議她還是盡可能儘快勸服女兒去看精神科。

健行隊團員陸續到達，有返鄉過年的人說鄉下多少還有親友相聚或互訪溫暖。

「區公所那裡市場口麵包店，這時正在門口用竹籃滾元宵，有芝麻有花生，還有鮮肉餡，回來時可以去買。」有人說：「今天吃元宵這樣的湯圓，可以圓滿、旺財。」

「今天也是天官大帝生日，我半夜兩點就起來弄東西拜了。」另有人說：「沒睡好，才遲到。」

「我只知道有天官賜福的說法，天官大帝是什麼帝？」

「玉皇大帝下面有管天、地、水三界的神，我們客家人說三界公，天官大帝就是管天界，拜這天官大帝可以祈福消災。」

「拜拜、湯圓、花燈都還有——今年花燈，我們新北市是在三重幸福水漾公園看，臺北市是在萬華艋舺青山宮、龍山寺、清水巖祖師廟、剝皮寮歷史街區、周邊夜市商圈附近辦——」領隊說：「我們永和，街上都有騎樓，讓父母陪伴孩童在街上提燈籠不好嗎？現在也沒什麼人生產以前那種燈籠，連蠟燭也很少看到——喔，前幾天，我們北一女班同學會去臺北美堤河濱看波斯菊，有同學說她老家基隆安樂區老街還有香燭店賣燈籠，她初二回娘家無意中看到，買了兩個，說元宵節夜裡要掛在客廳——」

「臺北美堤河濱，我年前也有去。」有人說：「那裡種了幾十萬棵大波斯菊，好幾種顏色，很好看。」

他們搭中和新蘆線到南勢角終點站，在這裡走興南路往更南走；這是一條寬敞大街，樓群高低店商林立，走了一千五百步就在路口遠處看到臺北盆地南緣山影。

臺灣各地，臺北也一樣，商店看板同樣呆板雜亂，連鎖商店密布，街市看起來沒多少異趣，住宅區即使新起高樓各有特色，整體看起來也沒兩樣，就是雜亂。

葉朱莉第一次在街道邊緣看到山，覺得新奇。

離開街市，走過山邊幾家老舊民宅，隊伍在一個路口分成兩組；有要在多處彎折的漫長緩坡走去烘爐地土地公廟，有要拚腳力走山間直上階道去南山觀音寺。

這兩座廟宇在一段彎折馬路上下隔立，有通路連結，隊伍約定最後在觀音寺會合。

葉朱莉原來走在上山小徑前頭，一路走一路欣賞、拍攝鄉情景色，漸漸離群落在最後。她在空曠小徑追上時，前面幾個人正坐在階道起點休息。

「不好意思，讓大家等。」她說。

「不是，我們是累了，這階梯很陡。」有人說：「哈哈，老人會氣喘年輕人會腳軟。」

葉朱莉想起自己門診很少聽到有病患談健行或運動，就問：「我們這隊伍多是什麼行業的人？」

揣測片刻，副領隊說：「依我常健行、爬山，認識的多是坐辦公桌，勞動或站立工作的服務人員很少。」

「我們銀行有一位同事，退休第二天，和以前同事去走草嶺古道，竟然在山上氣喘不過，休克，一下子就死了。」有人說：「退休金都還沒領到吔，銀行說要先扣除房貸借款，好現實喔。」

「真是。」副領隊說：「退休後我常上街上市場，看到的多是老女人，年輕漂亮的女人，只在週末和假日才看得到——哈哈，這是我先生的看法，他愛看女人小腿。」

「小腿，啊，葉醫師，我可以請問晚上睡覺小腿會抽筋是怎樣？」

「經常抽筋嗎？」葉朱莉看著這位中年太太，也想到這個健行隊伍穿黑紅藍綠紫幾色登山裝，都很精緻。

「這幾天已經兩次，就是那樣抽筋，疼痛幾秒鐘。」

「可能是缺鈣，鈣離子是神經肌肉傳導必要成分，缺鈣到會抽筋表示血液中鈣質嚴重缺乏，要去看醫生，缺鈣也會影響心臟肌肉新陳代謝，相關問題還有糖尿病、關節炎、呼吸系統，甚至於憂鬱症，這就不一定是缺鈣，例如糖尿病因為高血糖造成周邊神經病變，會不正常放電、收縮引起抽筋跟疼痛，憂鬱症導致自律神經失調，腳也容易抽筋。」葉朱莉說：「鈣在人體免疫系統正常運作有幫助，疫情隨時可能爆發當然要更加注意，鈣攝取和維生素D關係密切，維生素含量低人也容易被病毒感染，上班族少曬太陽容易缺D缺鈣——這都可以測量，還是去看醫生吧。」

「謝謝謝謝，我想我就是缺鈣。」

下起毛毛雨了，大家站起來打傘，繼續登山。葉朱莉只戴上登山外套帽子，跟在後頭拍照；看到一群綠眼繡飛過樹林，又想起剛在一個人家院地柵欄邊雞籠，看到雞排著高站一枝橫桿，跳下地面時真像飛禽本性。

那些雞，母雞除了雞冠深紅，全身素黑或全白，短尾深灰頸淺紅，雄雞高冠頸翼金紅，長尾墨藍，都豔麗閃光。這是她初次親眼看到雞倘佯樹林草地，自由自在，覺得驚豔。這也讓她想起在電視影片看過養殖雞，成千上萬，數十萬，從孵蛋破殼到養成，一梯次一梯次，都在日光燈下廠房生產線上——幾天就長成近一公斤，腳都站不起來，又再幾天就被用機器宰殺。她也想起小時候春節曾去鄉下旅遊，看農家紅紙黑字春聯寫五穀豐登、六畜興旺，豬是重要食材也是副業資財，善待豬簡直比對自己好。現在，豬大量圈養在封閉工廠裡；小豬才出生就被抓著頸項提起用剪刀剪掉睪丸，避免以後發情耗費精力，也有剪碎耳朵拔除部分牙齒避免擁擠生活撕咬受傷感染死亡。豬隻太多，這樣傷殘後並不施藥，任其疼痛自癒。這樣養殖的豬也常被棍打腳踢或重摔在地，幾個月後運往屠宰場也常遭受電棒驅使，在途中才真呼吸了新鮮空氣。想到千千萬萬現代人，吃這種雞肉豬肉，處境或相仿，她不自覺嘆氣，立即醒來，從一片竹林空隙，拍攝一對老夫妻用鋤頭耕地。

她再次跟上隊伍，大家已經在階道盡頭頂端，幾棵盛開的櫻花或杜鵑花前拍照。

這座觀音寺看起來是留下背後山頭，墾出兩層坦地建成。底層臺地畫有二三十個停車格，右邊靠山在一座迴欄高臺立了白身觀音像，臺下開水池。上層臺地以竹節瓦鋪出帶燕尾的雙層歇山式屋頂，樸實建了長方廟堂，此外並無多少裝飾。室外，高挺捲棚簷裡，拜堂四對圓柱也僅素樸漆紅。正殿牆上則細緻彩繪天空大海、各色蓮花，觀音神像背靠一叢竹林，副祀文殊菩薩和普賢菩薩神像也都金碧塑造，神桌上還有幾座較小神像，這樣，整個廟堂裡顯得幾分神祕氣氛。

有的人從背包掏出水果和糕餅燒香祭拜，有的人更加虔誠去服務處洗淨水果或買金紙，有的人特別去廣場右側另立的神堂拜地藏王菩薩。四方廣場前高立天公爐，她們在這裡向外拜玉皇大帝；天公爐架有六角頂蓋外圍角上都飾龍頭，下著毛毛雨叢立香支起煙仍然持續在爐內婷婷裊繞。

葉朱莉站在廣場外圍雕鑿的護欄邊，遠望東北方臺北盆地，在雨霧中努力尋找東區一〇一大廈和西區新光大樓，想知道自己家在那裡，自己現在在那裡。因為看不清楚，她用手機從右到左把眼前景色掃描一遍，想在回家後仔細辨識。閒著沒事，她回到捲棚簷下，在廟堂前走道外側坐椅坐下，把今天拍的景色和攝影全都傳家庭群組，然後，翻看贈閱的妙法蓮華經觀世音菩薩普門品。年輕時她曾經幾次想讀佛經，都因為縟禮繁文中辨讀古文很耗時，沒多久就放棄。這小冊觀世音菩薩普門品看似從法華經摘出片段，本文不長也僅夾附一則偈詩，她就看作寓言或童話故事讀了。

這相關觀世音菩薩的本事，是無盡意菩薩在一次法會中請問，由佛陀親自講解，說無量百千萬億這樣計數不完的眾生，遭受苦惱時，只要誠心唸觀世音菩薩法號，這菩薩聽見了，就會幫他們解脫任何苦惱；這是觀世音菩薩所以這樣名號。這菩薩神力能到夜叉羅剎鬼國、婆娑世界、神天等各界，經常化身童子童女、男身女身、優婆塞優婆夷、比丘比丘尼、婆羅門、宰官、長者、小王、人、非人、摩睺羅伽、緊那羅、迦樓羅、阿修羅、乾闥婆、夜叉、龍、毘沙門、執金剛、天大將軍、自在天、帝釋、梵王、聲聞、辟支佛，適時適機度脫眾生。這樣，大火裡的受難者火不能燒，在大洪水裡浮沉的受難者會飄到淺處；載運金銀琉璃硨磲瑪瑙珊瑚琥珀真珠等寶物商船，即使被黑風颳進羅剎鬼國，只要船上有任何人唸這菩薩法號，全船和眾人都能在災難中得到解脫。葉朱莉想，這麼多種化身當是相關各種人生境況，也想到弄清楚各種佛經裡反覆出現的許多專有名詞，可能認識人的各種情緒和思想，例如欲瞋痴，是說人的貪慾、容易生氣和痴迷。人在水火中受難，想生男生女，都能如願，或者人犯法有罪受罰時，杻械枷鎖在人唸菩薩法號時會斷壞而得到解脫，都只是比喻；人在自己貪瞋痴，唸菩薩法號提醒和反省自己，則是實際可行。最後，她安慰想，這菩薩當是有時也化身醫師。

「葉醫師信神嗎？」副領隊隔著一張坐椅坐下來說。

她一抬頭，發覺這一會兒其他人都不見了，當是從後山通道去福德宮拜土地公，遲疑片刻，說：「這些天地、山林、河海、花草——即使石頭，我想都有靈性吧，神，神性，這樣認為當然也好，人也要有神性才認得神吧。」

「這樣說像是泛神，像是薩滿教那樣信仰。」副領隊說：「所以，這場全球性疫情可能是惡神作祟，或者神懲罰人？」

「這樣想也好，人從生到死，這樣一生，大半是在無法自主的環境裡生活——把不幸歸咎神鬼，比較不會負擔太重，心裡受傷——我是說精神發生問題，但是，我認為這次疫情就是免疫力比較差的人，容易感染——」

「免疫力——喔，所以不能想是被惡靈附身被神明懲罰，這樣想，不公平，很多免疫力差的人是因為生活條件差，對吧？」

「是啊，不能迷信——」葉朱莉說：「提醒自己，反省自己倒是很實用。」

「就剩下你們兩個。」領隊走過來說：「你們不去拜土地公？」

「不要去人群擠比較安全。」副領隊說：「在這裡和葉醫師聊信仰，談迷信。」

「哈哈，即使是迷信，讓人走走郊外爬爬山，也很好。」領隊說：「退休後，我經常往郊山跑，看看海，一個人走久了覺得孤單，就在網路上找小學同學、初中同學、高中同學、大學同學，各組健行隊，同學——越早的同學也許就是諺語說的性相近習相遠，談不上什麼感情，比較近期的同學人各有志，也不都談得來，現在比較常參加的是鄰里的鄰居，家家有本難唸的經——這樣走來走去，不想則已，一想就覺得人生乏味，就會覺得還是上班好，哈哈。」

「上班那好，把人類禁制，整編上班，這樣的蠢事，實在是錯誤發展——」副領隊說：「六七十歲才能退休，退休的人常以為往後還有二三十年，就像更早之前會覺得人生很長，一百年那樣長，那知道一年十年都是一晃眼就消失了。」

「我完全同意，人如果閒著也會是問題多多——」領隊說：「哈哈，我看葉醫師在笑，她真是深藏不露，很少我們這樣胡說八道，就是聽著，微微一笑。」

「我習慣——我上班的工作就是仔細聽人家訴苦，有的人我必須一句句增減去演繹，有的人我必須東一句西一句整合去歸納——不是每個人都能說得頭頭是道，我如果聽了微笑，是高興在盲點上看到柳暗花明那樣。」葉朱莉說：「我剛聽副領隊說一年十年都是一晃眼就消失，想到老人應該想的是自己血管是不是順暢，心肌是不是足夠強，能越過每一個冬天。」

「講到柳暗花明——那個羅婉妍，羅太太的女兒，羅太太和醫師談了吧？」

「談了。」葉朱莉說：「今天集合，她比我早到。」

「是怎樣，那個小女孩？」

「我不好說——我是說，我已經告訴她一定要說服女兒去看精神科。」

「我想也是，我幾次看到那個女孩，不知道為什麼常常像空服員那樣拖著一個小行李箱，在附近幾條街巷走來走去，有一次還走在堤防上，看起來像風箏，這樣想，因為她從東向西橫貫時，堤防上的天空飄著幾隻風箏。」領隊說：「啊，看起來是不自覺地在努力找出路。」

陸續有人從土地公廟轉來拜觀音菩薩，拜桌上更添蔬果、糕餅，天公爐更旺香火；再一會兒，求得廟內各種神明示籤，有些人又熱烈談論其中吉凶。

「怎樣啊，羅太太——」領隊說：「我看妳抽不少籤詩。」

「啊，主要是問羅婉妍的事。」羅太太拿出籤詩，看著說：「貴人還在千里外，音信月中漸漸知——現在已經是月中了，還不知道貴人在那裡。」

「有緣千里來相會，今天遇到葉醫師，就是吧。」

「葉醫師有要我帶她去看精神科。」

轉去拜土地公的人也陸續回來，大家開始收拾祭品，結束這次郊山健行。

「哈哈，再兩個星期是土地公生日，有誰還要來拜土地公？」領隊說：「要是再來，我們可以從這裡後山走去新店，大約兩三公里，那條山路在一百三十幾公尺高上上下下，鍛鍊心肺功能算是輕鬆的。」

「不只兩三公里啦，我們從捷運站走到這裡就有三四公里了，也不止一百三十幾公尺高——」有人說：「從山下走上來已經近百公尺高，從這裡還要走四百二十三階才能到後山。」

「哈哈，這樣，更加可見我說的，從福德宮後山走去新店大約兩三公里很輕鬆。」

「這四百二十三階級，有好幾個轉折，走不動也可以隨時在階梯休息一下。」副領隊說：「現在這階道少很多級了，以前從山下要直接走更加陡峭的一千一百三十七階，那時土地公廟在山上，就是現在還保留在後山那幾塊磚石小神龕。」

「是啊，我年輕時就走不太動——」有人說：「我先生比較厲害，他一手抱一個小孩走上去，小孩一級一級數，真是數了一千一百多。」

「實在很難想像，那樣一座小神龕，不過二三十年就發展出下面這樣龍飛鳳舞的土地公廟，土地公神像一百多公尺高吧？」

「當是有人想到，可以利用現在人愛想發財，來造神——以前的人多是農民，春祈秋報，拜土地公就是兩個禮拜後春祈，祈求播種順適，中秋節那時秋報，感謝豐收。」領隊說：「現在是想發財就拜，哈哈，這土地公就發財了。」

7

早班門診到這時，葉朱莉抬起手腕看錶，將近下午三點鐘；還有一個預約病患打電話來說睡過頭，搭計程車剛趕到醫院門口。

她看了一眼坐在桌側的隨診護理師，想起這位護理師今天工作結束，就要離職；說：「謝謝妳這幾個月的協助。」

「那裡，都是我應該做的——」護士說：「這幾個月聽葉醫師看診，我學到很多，您對病人很親切，不像我前一陣子在內科跟的醫師。」

「內科——那些專科，只能根據實證，檢驗啊，攝影啊，病人多了就只能談一兩分鐘兩三分鐘。」葉朱莉說：「我們家醫科多必須身心一起揣測，會多問一些生活起居，多談一點心理，情緒，有的病患也真需要多一點時間才說得明白。」

「我以前在別的醫院也待過家醫科，醫師對病人的態度還是有不同——」

「喔。」葉朱莉醫師說：「妳學校新工作什麼時候開始？」。

「下學期，這樣我正好可以休息幾個月。」

葉朱莉想她這時離職，是要安排她之前說的結婚和蜜月，說：「這時結婚不能熱鬧群聚，好像會有點——其實，只有相關親人陪伴在法院公證結婚也很好，法律見證很莊嚴，結婚畢竟是兩個人私密事。」

「是啊，婚禮怎樣辦都好，把婚姻好好珍惜，好好維持才重要。」

最後的病患終於趕到，趕路發熱，外套拎著。她穿黑色連身裙，稀疏紗質上身透露出兩臂和胸衣上沿輪廓。葉朱莉記得上次在餐館看到她陪酒，穿一件橄欖色長袖上衣，右側胸上用領口延伸打了一個很大蝴蝶結；好多年了，記得她這個特別結飾，因為那時聚餐男女同事都紛紛表示讚賞。

她坐下來，用手絹擦額頭、耳後和頸上熱汗，一邊連連道歉遲到。

「不急，先喘一會兒。」葉朱莉看了看她耳垂和頸下金飾和珠寶，說：「我差點沒認得，妳頭髮剪短看起來比較年輕。」

「啊，開始老了，眼角有魚尾紋，需要化妝遮掩啦——」病患說：「你們有些醫師還常去我們那裡，葉醫師沒去了。」

「是呵，我們幾個後來有人想多換幾個地方，嚐嚐各種口味——餐廳這時還開嗎？」

「去年客人就零零落落——疫情把大家嚇壞，桃園醫院、機場飯店和萬華再接連爆發群聚感染，疫情升到三級，餐廳關門，我就是因為這樣，像是生病了，看了幾次醫生，前後看過兩個，吃了藥，都沒什麼用，有一天在附近遇到陳醫師，他建議我來看妳。」病患吸了一口氣，又說：「有一個醫師說，我可能是疫情和餐廳關門，恐慌——我把他開的藥名和劑量，抄下來了。」

葉朱莉一邊看字條一邊給她量血壓，又請她量身高體重作為初診紀錄。

「這藥，主要是讓妳減輕憂慮、焦慮、恐慌、恐懼、緊張等等，這些症狀。」

「我後來和第二個醫師說，餐廳還營業的時候我每天晚上喝很多酒。」病患說：「他給我換藥，加重劑量——」

「啊，可能以為妳有酒癮——安定文錠比贊安諾錠增加將近四倍劑量。」

「也覺得沒用，我就把藥停了。」

「自己停藥——這需要和醫師說，也要逐漸減量才好，妳自己突然停藥會更加出現顫抖、出汗、心悸這些現象，因為這類苯并二氮呯藥物——這些藥通常用上半年就會上癮，有依賴性。」葉朱莉說：「我知道妳酒量很好——」

「唉，不是有些人天生那樣好啦，只因為自己是股東之一，陪客人喝個盡興，所以有些客人常來，這樣喝出酒量——是說上班時候，其實我自己一個人不會那樣喝酒，今天，啊，想到要來看病很緊張，昨天晚上失眠，天快亮才喝一點，結果就是沒聽到鬧鐘。」

「我不愛給病患開這類藥——這類藥短期內確實有效，用處也很廣泛，除了妳說的恐慌、焦慮、酒癮，在降低菸癮、防止癲癇、腰部頸部受傷肌肉痙攣，甲狀腺亢奮焦慮，生理疾病治療導致眩暈的焦慮，這類藥多有幫助，問題就是我說的會上癮，中度重度酒癮的人更會增強，依賴性虐待趨向的女性也會更加喜怒無常、焦慮，甚至精神錯亂——我這不是猜測妳，只是想鼓勵妳想想，就像菸癮、酒癮，這類藥物治療長期看大半還是沒用，其實，這些藥物的部分受體和我們大腦成癮機制相關路徑連接才發揮作用，但是，要從恐懼、焦慮中恢復平靜，我們大腦中本來就有相當的神經傳遞介質——簡單說，就是我剛說的，在這次疫情，無論直接或間接引起恐慌，希望妳也想想自己原來是不還有什麼心理負擔。」

病患看了一下護士，把手肘擱在膝蓋指尖頂著額頭，沉吟片刻，說：「我先生不久前過世，他怎麼死我不清楚，是朋友和我說的，我有兒女，我離開他們的時候都還很小，現在當然都長大成人了——」

看她開始哽咽，葉朱莉說：「喔，或者，妳先回家再想想，晚上給我打電話，我們來像老朋友那樣聊一下，現在我就暫時看到這裡，就是恐懼、恐慌、焦慮，還因為自己停藥坐立不安、心悸等等這樣，對吧，我也這樣開藥，妳覺得難熬就吃一點，妳也可以去中藥房買甘菊或西番蓮，有草藥，也有做成藥錠，都不貴，這類中藥草藥不會讓人成癮，妳也可以請教藥店老闆，中醫我本來也不信，我有一個同學後來又學中醫，她說中醫和西醫不同在西醫專注人體物理作用和生化作用，中醫或說現代中醫，更注意這些作用背後人體總能量的均衡，這聽起來有點抽象——中醫在人體解剖也有西醫同樣的認識，但是，例如，肺臟和大腸，西醫看是兩種不同器官，沒什麼直接關聯，中醫在經絡的認識就看成有交集，我這樣說，還是在提醒妳注意一下這些忽然爆發的恐懼和焦慮，也許背後參雜更深遠心理原因，這樣好嗎？」

病患點了點頭，猶豫片刻，道謝離開；按護理師吩咐在門外等藥單。

今天最後的門診病患和故事，都讓葉朱莉覺得意外；隨診護士似乎也有特別感觸，工作告了段落沒想立刻離開。

葉朱莉望著她領口那隻布偶白兔小頭像，說：「我曾經注意妳們護理師，怎樣在身上掛名牌——」

「大部分護理師就是認命吧，用掛繩藏在衣領下把名牌掛在胸口，或是用普通夾子把名牌夾在一邊衣領，有人會用很漂亮夾扣像是一朵花一個徽章或怎麼樣，我是在掛繩交結處用這只小白兔頭像布偶，再掛名牌——」護理師低下頭拿起那個布偶看了，又說：「不管怎樣裝飾，我們這工作服看起來就是女工制服呵。」

這裡護理師穿淺粉紅色上衣，很雅致，襯托白色衣領、下擺口袋和袖口寬摺更顯上衣爽朗；葉朱莉看了，說：「袖子在手肘下截斷袖口這樣特別設計，當是因為工作忙碌容易弄髒，補了白色寬邊摺像是挽起袖子，很好看。」

「是啊是啊，妳說得對，年輕護理師無論長髮短髮，無論是否經常眉開眼笑，穿這花樣上衣，都可愛——老了就原形畢露。」護理師笑著說：「我曾經在住院病房工作，日夜輪班，醫師、技師、病人還有家屬，喊來喊去時，有一次我想起我們南丁格爾誓言，我在上帝面前鄭重承諾，呃，什麼——我要在純潔生活中度過一生，又什麼——要戒除壞事戒除毒物，這前三條都沒變，但是，把我將忠於我的工作，改成我將忠誠幫助醫師工作——」

「這只是應對現代醫療知識和技術的複雜進展吧。」葉朱莉說：「還是為人類福祉工作啊。」

「南丁格爾時代護理師像醫師，我們護士這幾年改稱護理師，只是避免我們被歧視的心理啦——」護理師說：「我很早就想要找一個很小的學校，畢竟改過的南丁格爾誓言加有一句，說，我們要做健康的傳教士，呵呵，這是說像樣的護理工作。」

「這樣想很好。」葉朱莉也笑說：「我們醫師誓言應該也要增列這句。」

「說真的，要離開熟悉的醫院工作我一時還真捨不得，我們護理師養成——中西醫護理、內外科護理、精神科護理、危重症護理、健康管理，還林林總總學過心理、生理、生化、病生、病原生物、藥理、免疫、遺傳，這當就是南丁格爾那時那樣，特別是現在大數據時代，在醫療系統前沿階段，甚至於進入社區服務，我們護理師也可以獨當一面，這即使不是我學生時代抱負，可以是我對未來工作美好想像吔，我們以前那些教師，就算是違心謊言或是教學不得不美言，我們這門學科除了專門技術還真是帶有理想色彩吧。」護理師說：「我終於找到的國小，很小，全校只有十二班，每班十幾個學生，附設幼稚園只有一班，大約三十個學生，校長、教職員、警衛大約四十人，這樣總共大約兩百五十人——我的工作有健康服務、管理、輔導，真是可能學以致用。」

「現在少子化，這樣小的學校——」

「這我也想過，它不是在山上或很偏遠。」護理師說：「它只是在郊外，新建房子很多，人口足夠維持——呵呵，我也請教過校長，他說一定不會有廢校問題。」

「這樣就好，那他們原來的護理師為什麼離開？」

「她去航空公司擔任護理師空姐，那比一般空姐薪資有多津貼，說是想環遊世界，啊，這樣也很好。」護理師說：「現在醫院裡護理師多不戴護士帽——說法很多，現在也有男性護理師，不戴帽是避免性別歧視——有的地方護士帽會有級別線條和顏色，這當然會增加階級歧視疑慮，哈哈，說來說去我都不信，現在大多數醫院白色護士裝不穿了，就是忙不過來，戴帽子累贅，白衣服也會一下子就弄髒，所以改成女工裝扮嘛——我要去的學校，沒規定，所以，我要還原那樣裝扮，我也很喜歡那種燕尾帽，我們以前畢業時有授帽禮啊。」

看隨診護理師擠在桌邊房間角落侃侃這樣談，葉朱莉第一次驚訝這個門診室實在小。除了擺電腦小書桌、桌旁病患座椅、她座位背後近處布簾後面一張看診床，這間門診室只剩下門內走道，不免就想院長或高級行政主管的寬敞辨公室，醫學教授休息和研究室雖然沒那樣寬敞也相當適分。

看她突然發愣，護理師從興奮中醒來，站起來說：「那就要和葉醫師說再見了。」

「祝妳婚後幸福，學校工作愉快。」葉朱莉起身和她握手，說：「需要幫助時，不要客氣，保持聯絡。」

「哈哈，這我也想過，校長口試時我就吹牛說，貴校護理師工作有一項是負責聯絡衛生醫療院所、家長、地方人士，推展健康促進工作——以後我可以請本院名醫去演講。」護理師又興奮說：「我一定要請妳去給學生的媽媽們講一次，講現代社會和職業婦女的身心保健。」

「講這個很好。」

「是啊，這樣我也好和地方人士，特別是向有頭有臉的家長募款，作為來演講的名醫車馬費、演講費。」

葉朱莉門診好多年來都是約一百五十人，這樣，她只能在下午約三點鐘用餐；適應這樣的時段，她都充分把早餐吃好，中午繼續看診就不會覺得餓。今天最後一位門診和離職護理師多談了，這時已近四點；再兩小時會有別的醫師來晚間門診。她脫下口罩，從內往外摺疊用掛繩綑緊丟進垃圾箱；在洗手臺仔細把手清洗，從房間角落小冰箱拿出餐盒。玻璃保鮮盒裡有幾片切開的牛排、一塊鮭魚、小撮米飯、三種切碎蔬菜、幾粒無籽葡萄兩片蘋果。

隨診護士怨嘆實際工作像女工，不符畢業時期望，讓她第一次想到自己工作環境。其實，門診室空間狹窄沒什麼好計較，醫院再大病人也會更多，任何科甚至VIP區門診室，都是這麼大小。她主要想的是家醫科醫師，不像其他專科醫師能在單一器官或專科治療累積專門知識，能隨著探測儀器和方法有創新研發和突破，而以特別成就和聲名跨入行政系統高升，想要的話，且能繼續享受看診和醫療工作樂趣。

她也已經很久沒疑問自己工作成就；煎熬完成醫師實習成為主治醫師，初次獨立治療病患那時確實非常喜悅，覺得成就，不久之後就沉默在日日重複的門診，若有時心情浮動需要自我安慰，就想醫師使命感和對病人的憐憫。

隨診護理師談起有些護理師以護理專業擔任空姐，遨遊世界，也興致勃勃談到將去小學醫務室獨當一面，像她們現代護理師先驅南丁格爾那樣抱持誓言，那樣全能工作；這對她也有點刺激，想起現代醫學先驅希波克拉底的誓言，在他們現在的醫師誓言幾乎沒有任何字詞和意義更動，但是，兩千四百年前，儘管希波克拉底已認得疾病不是天譴或超自然力量——即使工業時代以前，不過是兩三百年前，人的疾病種類和內容還是比較簡單，除了一般傳染病和寄生蟲，多是勞動外傷、關節發炎、營養不良造成器官損壞或病變。所以，這位古希臘醫師除了醫學鑽研和教學，常遨遊各地。現在的世界，生活習慣、不良飲食還是人生病原因，生活條件和環境促生各種病毒和病菌，卻多是人難以防患，醫師勉勵自己的維護和拯救工作也就大半徒勞。

門診室一間間沿著牆面和走道兩邊排列，走道以護理人員工作推車和病床寬度為準就顯得狹窄。許多病患或站或坐靠牆排椅，有滑手機有發呆。現在的人，一天時間被切割成三組八小時，各為生理時間、禁制時間和自由時間；生理時間主要是說睡眠需要，禁制就是上班或上學時間的狀態——一般人在自由時間裡看電視或上網大約兩小時，讀書或做學業功課、運動或休閒、訪友、採買、看病等等大約六小時，實際上自由有限。她想起自己的病患，一定多有底層民眾是這樣生活；她不能從外表辨識，因為他們出門都會認真穿著以不失體面。

8

葉朱莉一下診就去趕計程車。

「請問醫師——」司機在後視鏡看她一眼，問：「醫療人員好像打過疫苗了？」

「啊，對不起，我外袍沒換掉，我本來想自己開車，在趕時間。」她說：「我們醫師剛打過AZ疫苗——」

「我們臺灣疫情現在到底怎樣，我們計程車司機什麼時候可以打疫苗？」

「還不清楚，要看衛生署每天的疫情發布。」她說：「——現在大家都戴口罩勤洗手保持距離，這樣防疫應該還是會有效。」

「我們計程車司機最可憐，隨時都可能被傳染。」司機說：「第一個死亡病例就是我們開計程車——白牌車只是每天開一下下就被感染，實在可怕，我們這種專業計程車每天出門有載客沒載客都憂心。」

「真是——」她檢視一下這車新加隔開後座的透明塑膠簾幕，說：「你這樣增加防護很安全，收錢找錢後再用酒精把手噴一噴更好。」

「有啊，一整天噴下來，手指有點痛，好像燒傷——」

她想那當是酒精噴多造成手指脫水脫脂，但是，她實在也不能給什麼建議。

遠遠她就在前車窗看到廖明珠在醫院門口等她；說是防範疫情，醫院設定分流和通道管制，所以，親自下來帶她。

廖明珠戴口罩只露出眼睛和額頭，還戴面罩，葉朱莉想，彼此還認得是憑臨場的可能性和直覺。現在，門診看病人，她就是這樣隱約認出病人原來模樣，卻也覺得這一陣子大家戴口罩只露眼睛以上半張臉，顯得無辜無奈。

「忽然聽到妳說我父親住院，我真的非常震驚，昨天我才看到他在line說，要和幾個同事一車人去花東玩——看來是騙我。」葉朱莉說：「唉，我父親不愛打擾人，對我也這樣，好在妳認得——他也不看大醫院，這心理有點奇怪，去年，他因為疼痛難忍，才去朋友開的診所檢查，也是自己一個人去，膽結石，開完刀才通知我，啊，我差不多一個月沒看到他了。」

在急診護理中心監視網路，她看父親在負壓病房背對牆站著，抱著X光成像板；技師全身從頭到腳緊密穿戴防護，躲在一個隔牆角落遙控X光機為他胸腔攝影。他穿短袖藍色病服、長褲，戴淺藍色口罩，她看不出他神情只看他站得挺直。

「伯父很樂觀。」廖明珠說：「到現在還沒問過我病情。」

「是啊。」葉朱莉說：「就是不愛煩人。」

技師把X光射線管折回機臺，陸續移除機罩、成像板外罩、手套、口罩、臉罩、外袍和鞋套，小心翼翼放進垃圾桶，又在牆上掛的自動消毒液罐仔細把手上戴著的另一層手套和每一隻手指仔細搓洗，才推著機臺離開負壓病房內室。這樣，她又看不到父親了。

護理師拿來X光片，廖明珠從封套取出看了一眼就交給葉朱莉。

比較正常肺部顯影，她看父親這X光片第一至第四節胸椎影像很清楚，拍攝正常。不少肺泡有痰和積液造成一兩分模糊，好在兩邊肺葉都還顯現充滿空氣的黑色影像；上肺帶和中上肺野外緣條狀白色密度較高，她比較擔心。

「應該是攝影時上肢沒充分內旋，造成肩胛骨和肺葉外野重疊——」廖明珠說：需要擔心的是兩邊肺尖、下野和下外帶，那裡白色影像比較密集。」

葉朱莉看左心室、肝和胃上方的影像都還正常，說：「好在黑色的影像黑得很透澈，啊，這是我第一次深深喜愛黑色。」

「伯父三天前開始乾咳發燒，然後喉嚨痛胸痛，覺得有點呼吸困難，才懷疑自己是否感染——」廖明珠說：「我看到他時，說我是妳醫學院同學，他竟然只覺得有點慚愧。」

「唉，就是這樣，從來不做健康檢查，是我母親肺癌過世他才——」葉朱莉忽然淚水湧出，哽咽說：「我再三強求，他才會勉強去我們那裡檢查，除了牙齦退縮和視力，一切都正常。」

「妳給我去紐約的研究報告很有參考價值，我看，也認為個人自己的免疫力才是關鍵。」廖明珠說：「伯父這樣健康，就不用太擔心，臺灣目前為止將近一千人感染只有十多人死亡，幾乎都是有慢性病，就是那些糖尿病、腎臟病、高血壓、心血管等等疾病在身的，所以，雖然感染——呃，六十歲以上男性居多，我看還是有階級性，就是那些底層勞工，那些需要大量接觸人的小販，那些櫃臺人員——這現象和妳的研究報告相同，啊，我們醫師和護理師這時在疫情最底層，最前線，也要小心。」

葉朱莉幾次躊躇想要廖明珠帶她去看父親，終於說：「妳比我還在更前線，要更加小心——謝謝啦，不打擾妳了，明珠，一切拜託了。」

「我可以帶妳去看伯父，畢竟妳是醫師，不是一般家屬——」

「還是遵守負壓病房規定吧。」葉朱莉說：「妳也不要和他說我來過，就是他說的請妳不要通知我——啊，他出院才會告訴我。」

葉朱莉也幾次想問這裡怎樣治療新冠肺炎，沒問，因為現在全世界有將近一百五十種用藥都還在試驗階段，臺灣也只准許一種在病患第三期試用。這種干擾素能降低病患對氧氣依賴，施藥後核酸檢測會呈陰性反應，這是明顯有效吧；輕中度患者，即使自己任職的醫院，也只在退燒、止痛，給予輸液和營養。她想，這樣也好，這能避免試驗性藥物可能產生的副作用。

她心存僥倖想，父親一向健康，應該真是有很好的免疫力；這種病毒在人體每天會複製六、七十億只病毒，父親有再好的免疫力也需要幾天補充才能趕上去應付吧。

身為被許多病患追隨的醫師，自己對父親染病竟然愛莫能助；這情況因為這病毒嶄新，情有可原，但是，母親不知不覺死於末期才發現的肺癌，她無論如何不能原諒自己。她在這樣的哀慟中和廖明珠告別，沮喪走出醫院，又在一段緩坡這樣迷茫；接著在坡道末端的綠色燈號走過斑馬線，她看身旁快速道和頭頂上高架道，才想起在這裡搭車和回家方向相反，就繼續散起步來。

「葉醫師，葉醫師——葉朱莉醫師。」

她回頭一看，一個外籍女傭推車走來，上面坐直一個老婦人；她也才發現自己在這街市外緣巷弄亂走，剛走上一條溪流旁路邊步道。

「葉醫師還認得我嗎。」老婦人滿臉皺紋，脫下毛帽，瞪大眼望著她說。

「啊，妳幾年沒來看病，我一下子想不起妳名字——」她說：「以前妳先是兒子陪去醫院，後來是女兒，對吧？」

「是，是那樣，啊有一年葉醫師讓我去照什麼，結果是無意中看到別的——看到肝有問題，好在是長在尖端部位，做栓塞就治好了。」

這件事她記得，這麼一聽，想起自己很多病患真是這樣幸運。

健保在動用醫療設備健康檢查，雖然有明確規範，醫師有自由心證權；她又認為婦女兼顧家庭和社會雙重負擔而老人奉獻一生，自己應該給予他們從寬衡量。所以，只要自己的病患相當程度表示病痛，甚至於有模有樣繪聲繪影，她就讓他們去檢驗。有一個病患說眼球左右移動會看到圓形黑影，她讓她去做精密照相，只有原來的老化白內障，並沒其他新問題；但是，這樣從寬讓病患檢驗，多有因此發現腸胃、肝、肺、心臟或其他專科醫師應該發現的病變，畢竟她的病患多有同時是其他專科的病患。有一個病患說走樓梯會喘，睡覺常會胃酸逆流，住家附近診所醫師說，會喘就是老化吧，胃酸逆流應該是緊張造成食道末端扭曲；她用聽診器聽了一下這病患呼吸，有點風扇葉片攪動的輕微聲，就問病患是不是會乾咳，病患答忘了說有時會，她就詫異地方診所醫師看診為何不用聽診器，也立刻讓這病患去照核磁共振，發現肺部有菜瓜布肺纖維化跡象。

「我後來不太能走了，站也站不好，一走動腳就會痛，只好就近——就沒再去看葉醫師，葉醫師也住附近嗎——啊，我記得葉醫師好像說過是住靠臺北市那邊，我知道，那邊有新店溪，是大河呵，聽說那邊河岸現在整理成公園很漂亮，我們這裡這條溪就很小，變成排水溝了。」看她沒應聲，老婦人又說：「謝謝葉醫師，很高興再遇到妳，再見再見——」

葉朱莉被這告別從恍惚驚醒，微笑逐次向老婦人和外籍女傭點頭致意，想起剛才好像聽到老婦人說到骨質疏鬆，習慣門診般那樣結語，建議老婦人有時還是要試試經常站起來走動，減緩骨質和肌肉繼續流失，說完了，站著看外籍女傭推車離去。看著她們背影，她也想起曾經在醫院門口遇到一個病患神情沮喪說剛看完心臟科；不久後，她收到一封寄到醫院的信，那位病患的女兒表示她父親已經在日前過世，這信是遵照父親遺言向她做最後致謝。這讓她想起有些病患許久不見，或就是這樣悄悄死去。

她放鬆頸項，以腹部深深呼吸幾下，繼續沿著溪流行進。一會兒，走到溪流比較寬闊路段，從路樹間看到下面河床沙洲草地嫩綠，風吹時，草葉晃動夕陽閃爍；不想在即將發生的下班車潮阻塞，她在附近一條跨溪橋頭攔車。

「我已經在這瓦窯溝兩岸看著妳散步，繞了兩三圈，終於等到妳上車——這需要經驗，我想醫師應該只是下班散一下步，不會是走路回家，這也需要運氣，呵呵，隨時都可能被別車搶去。」計程車司機說：「啊，三級警戒這幾個月，大家都不敢搭計程車，都又自己騎摩托車、開車，繼續這樣下去或是封城，我就不能活了。」

「還好啦，即使世界各地鬧得那樣厲害，我們只要把關口守好——」她說：「我們臺灣人好像有特別基因或怎樣，目前都還好。」她看這裡不少大樓建得高大，門廊寬闊梁柱厚重，就轉移話題說：「這裡房子比我們市中心蓋得漂亮。」

「是啊，市中心——現在市中心往西移，往外擴大，外圍因為捷運開到附近也跟著大片開發，房價還是很貴就是了。」計程車司機說：「這裡以前都是矮房子，有些地方還看得到路旁小廟，妳剛走那條溪叫做窯瓦溝，因為以前有瓦窯里燒製磚瓦，更早的時候叫潭漧溝，溪流從秀朗山下來，灌溉中永和兩地——說溝，其實是很大溪流，以前還是運貨水道，智光商職附近黃昏市場就是水岸碼頭，叫雙叉港，啊，其實不只雙叉，這溪有東向、南向、北向三條支流，最後都流進新店溪，現在都被在各處的路邊水泥板蓋住了。」

車子停幾次紅綠燈，靜待中她陸續看到各色各樣相關食衣住行育樂的商家招牌，綜合表現了市鎮豐富生活機能，但是，沒什麼人在店家進出或排隊，大多的餐飲店裡老闆、夥計甚至於還有廚師都坐在空桌上發愁；有些店家看似沒什麼客人上門，還張貼只准許外帶告示。

下班人潮陸續聚集，行人、騎車或開車，都緊緊戴著口罩、面罩。

她早就幫父親準備很多口罩和面罩，每次有更好產品上市她也幫他換新；除了隨身攜帶酒精噴瓶，她也在他住處出入口和室內幾個地方裝置醫院那樣使用的自動酒精噴手器。她想父親當是愛去傳統市場，或朋友來家裡下棋、聚餐，感染的。

9

葉朱莉午睡醒來，代替大樓管理委員會主任委員去里辦公室參加會議。

早上，她在河岸慢跑，回家時遇到那個主委停車在路邊買三明治。葉朱莉和她熟，因為自己也是委員。主任委員臨時有事，問葉朱莉是不是可以代她參加里辦公室下午這次會議，又指著幾步路外一處路口，說是要談拆路口花臺和弄道改行車單行道。

前里長過世大樓貼有改選通告，葉朱莉沒去投票；除了里內廣播系統偶有車輛亂停、翡翠水庫大雨洩洪提醒、水溝和環境定期噴殺蟲劑等等通知，她沒感覺里長在里民生活有什麼作為，認為區公所有里幹事、里長、鄰長這些行政職位實在是以前戒嚴社會的殘餘。新里長，葉朱莉就有點感覺；這年輕女子瘦小，好多天在夜裡由朋友或家人陪伴在里內走動對人點頭鞠躬，下雨獨自撐傘在路口站崗也很感動人。當選後，她在 line 設了群組，葉朱莉好奇在網路看了她資料，是外縣市來的室內設計師。她把工作室隔牆的停車空間用為里辦公室，比較據說是住街上店面樓上的前里長，這樣看得見的新里長辦公室，當然會讓較多人覺得親近，而且當選不久就在這個辦公室陸續辦了里民自由參加的手工肥皂教學、子宮頸癌篩檢、大腸癌篩檢、量血壓和體脂等等活動，很討人歡喜。

葉朱莉到里辦公室，兩條靠牆長沙發和幾張椅子已經滿座，工作人員臨時為她在路邊擺了一張椅子；里長在看似母親的陪伴，坐在一張長沙發，前面茶几擺有糕餅和飲料。待葉朱莉坐好，中斷的會議又繼續。她覺得自己似乎錯過會議之前的現場會勘，但是，能立刻進入狀況，因為她開車就是在這路口進出，也很欣賞那個這時杜鵑花盛開的花臺，這路口有一戶人家探出牆欄外的吉野櫻也開得好看。

「河岸光景大樓代表沒來。」身穿制服，看是警察交通單位人員說：「要改成汽車單行道，需要這條弄道百分之七十住家簽同意書才行，上次河岸光景大樓表示過不同意。」

「那棟大樓人多我們投票贏不了，真是壞透了，自私、傲慢。」一個被稱呼為教授，穿著體面的中年人，說：「在不到一米六巷弄路邊蓋那樣幾十層大樓，根本就是違章建築，是一個國大代表和幾個民意代表在背後撐著，仗勢欺人。」

「對不起，我是河岸光景大樓代表，早上臨時被我們主任委員抓公差，沒說清楚，所以我剛沒參加會勘——我們大樓已經投票，還是不同意改單行道，實在對不起。」葉朱莉說：「我個人倒是贊同，我自己也開車——我贊同這條弄道改單行，因為另一邊出口裡面一點，最近看，有一塊空地正在蓋大樓，以後會增加好多輛車，不改成單行道以後進出會更困難——」

「如果改單行道，出口會在那邊。」里長說：「交通單位說，改成單行道主要是解決這邊環河東路口常發生車禍，因為車子在環河東路要迴轉進這條弄道，忽然看到有車出來會停下來，後面車剎車不及，特別是摩托車看到環河東路綠燈亮一擁而上，就會發生追撞，或者偏向，超越過度去到來車道擦撞，相撞，這也就是為什麼最好是把弄道路口花臺拆掉，它會擋到迴轉車視線——」

「希望妳能再把妳自己的看法，向你們大樓管理委員會反映。」教授看著葉朱莉說：「我自己也開車，我們這附近，主要三座橋只有一座可以直接進入環河東路從這邊弄口進來，其他兩座橋回來都是進入市區，從那邊弄口進來，所以改為單行道當然是把這邊弄口作為出口，這和交通單位認為出口設在那邊看法不同，因為對花臺看法不同吧，我認為路口那花臺是我們里進出門面，很好啊。」

「我也認為社區進出口有花臺很好——不要花臺一定是大樓人家的意見，他們一直在壓迫相關部門拆大樓附近房子，好讓大樓環境空暢，房地看起來值錢，就是這樣拆了大樓後面整排房子，附近那個小公園也是拆房子空出來的。」一位中年太太說：「花臺連著那幾間路邊房子，也是老違章，按照新法多是超過年限暫時免拆，屋主也有親友是民意代表，以前那個里長再怎麼討好大樓人多選票多，也拆不掉，那個里長的母親之前也擔任里長，眼中也是只有大樓住民、商家、店家，環河東路十幾年前拓寬，我先生看過計劃，我們這段路邊要改成不停車，停車都要到河岸停車場，拓寬的路邊要廣設花臺美化人行道，啊，而且還有座椅可以歇腳，路邊比較寬敞的空地也規劃有活動空間或表演空間，道路拓寬工程結束了，要開始美化人行道，路邊商家反對，主要是做批發、汽車修理店，這些不在乎人行道的店，這些店家和里長反應，不知道怎麼搞的，竟然就這樣私相授受把原原計畫取消——唉，說來說去，什麼弄道改單行道，根本就是那個大樓看換了里長，又想拆人家房子，對不起喔，算我是小人好了，因為我忍不住猜疑這會議是不是只是障眼法。」

「我也是希望社區出入口花臺能保留，我是這樣才來參加會議——」一位老太太說：「我們這個社區有不少人愛種花，有注意的話，這一陣子就是開過櫻花、茶花，茶花有紅、粉紅、白，很好看，玫瑰也經常看到，現在垃圾必須分類且不落地，民眾辛苦等垃圾車，白天還好，退休或不需要工作的人時間很多，上班的人好不容易下班了，才煮好晚餐，又必須下樓去等垃圾車，這如果可以組織義工，定時定點集中處理，大家就會輕鬆很多，喔，我原來還說垃圾分類，是要說，廚餘當是送去作飼料或肥料，公所是不是可以定期提供民眾免費肥料——」

「對對，我非常贊同這樣想。」有一位老先生說：「我家種有十幾盆各種花，在牆外路邊供大家欣賞，澆水還好，肥料就不便宜，常常施肥花才會開得漂亮。」

「啊，這些建議都很好，我記下來了，以後會想想怎樣辦。」里長說：「今天談花臺和單行道，請問還有誰有意見？」

「我也認為，這次又是那個大樓想拆花臺，這樣欺侮里民，很多人很不高興。」鄰長說：「那大樓裡的人，也有開賓士、寶馬、捷豹什麼的，都開得很謹慎，就是有一輛豐田開得亂七八糟，常擦到人家路邊停車和腳踏車，那個花臺曾經在邊邊固定一片厚橡膠皮，就是他擦撞掉的，這個笨蛋只要往前開一點再迴轉，就能筆直避開花臺。」他看著葉朱莉說：「也許就是那個人提議拆花臺。」

里內三位女性健行隊員和領隊路過，看到葉朱莉坐在路邊，其中一個隊員拍了一下她後背，說：「我們剛回來，正要去領隊家煮麵，妳要去嗎？」

葉朱莉不曾參加這種糾紛協商會議且被質疑，覺得尷尬正想離席，就在暫時沒人繼續發言這時，站起來說：「謝謝各位對我們大樓的指教，我很喜歡聽大家談怎樣讓我們里民生活得較好，這次會議我只是臨時代替來表示我們大樓管理委員會的意見，聽起來是還在協商階段，結果我會上網看，現在我有點事必須離席，對不起呵。」說著，和大家一鞠躬。

這幾位健行隊友不知道有這樣的里民會議，葉朱莉就大約說了。

「花臺當然保留才好。」一位隊友說：「你們那棟大樓，新建築法容積率，也許旁邊原有的公共走道可以封起來私用，可是，以警示牌告示大樓前路邊只限大樓住戶停機車可能就會有爭議。」

「哈哈。」葉朱莉說：「我因為臨時受委託參加會議，才知道我們大樓這樣被討厭。」

葉朱莉經常抽空在附近走走路，認為長時長遠散步，除了保健身體在心裡耐力和精神相關守恆也會有穩定習慣的作用。她在社區地理空間已經相當熟識，想起這次會議有人反映社區生活和植栽，她就一路更加仔細觀察。

有一戶人家門前只種一盆橙色九重葛，養護很好，用竹竿撐很高，枝葉成叢在弄道半邊空中低垂，幾乎是整年開花，夜裡路燈襯托也能顯示漂亮花彩。有一人家門前兩旁精心把玫瑰幹莖剪裁編排固定在牆上攀爬，常見花開數十朵，風中搖曳時生動美麗。有些公寓樓房人家，在陽臺鐵欄底處排滿盆栽，或是各色蘭花，或是各種多年生草本小花，經常也豔麗熱鬧。這個社區除了街面商店路邊店家、幾處高樓、成排成列公寓，還有舊社區；有些人家圍牆院地裡可見木瓜、龍眼、柚子、芭樂、芒果、香蕉等等果樹，或者鐵欄網掛滿牽牛花。有的人家種植勉強，看似只是要占停車位，且不少就像剛才會議中有人表示肥料價格不便宜，沒施肥，甚至於少澆水，植栽看起來枯萎。

「我們這個社區植栽，我曾經照相，一個個上網察，還真不少。」領隊說：「玉蘭花、指甲花、雞冠花，很早以前就有，日日春也是，日日春到處都看得到，有的還長在屋簷邊圍牆上，像是風把種籽到處吹的結果，馬櫻丹、孤挺花，喔，有的人家還玩奇木，用鐵線編織枝幹，盆栽圓榕長出黃色小花我還看成金色茶花，哈哈，好奇想問，幾次經過，那人家鐵門都關著，好不容易有一天正好門開了，可是人在屋內洗地板不好打擾，有一天巧遇他在門前掃地，才知道是圓葉榕樹，種植和病毒一樣有傳染性吧，所以就是侷促在一處處的人家種東西，這人家對面我就看到種了幾盆青花椰和高麗菜，哈哈，只能一盆種出一個，這人家每天看一定還是會覺得人生很光明很有希望呵，那附近還有一個人家，勉強在門邊用很窄的盆子種了不知什麼樹，乾脆還在門邊牆上掛了自己畫的蓮花。」

她們聽了笑，看葉朱莉專心瀏覽花木，也都說起個人見聞。

這樣仔細看，且聽了許多；在舊有印象多有新增，葉朱莉不免感觸社區植栽，相當程度，是喜愛自然或有記憶的人努力想治療自己生活環境的表現，至於刻意把花木人工整形的人或許是在治療自己。

她們轉折幾條弄道，在別的里，經過一片老舊社區；這裡，有的平排平房相對僅約一個人身寬距離，也還有人家在窗欄下懸吊幾小盆花草。

領隊家在一個開闊十字弄口，這種老舊社區拆除後新建的社區裡；她家向東背靠坐南朝北的成排樓房公寓，是她先生自家地改建兩層樓房，圍牆內保留相當寬裕院地。

葉朱莉第一次來她家，看圍牆外整齊排了九層塔、薄荷、百里香、迷迭香大盆植栽，圍牆裡幾棵軟枝黃蟬枝葉茂盛探出牆上疏密有致，這時鮮豔開了幾十朵花，這花叢後面還有幾棵木瓜挺立，纍纍結果，說：「我要學妳種那些香草。」

「好啊，種這些香草最划算，隨時可以摘來調味，剪枝或摘心能多長側枝，剪下來晒乾磨成粉可以儲藏，不這樣用，就當成開花植物欣賞也好，迷迭香開花白底粉紅或偏紫，百里香粉紅紫紅，薄荷和九層塔都開白花或粉紅，要注意的是薄荷和九層塔喜愛潮濕，必須注意澆水，迷迭香和百里香則喜愛乾燥。」領隊說：「等等我各剪幾枝讓妳帶回去，用砂土混合培養土插枝，根系好擴展，排水也會比較順暢，現在春天插枝多可以存活——有要多澆水有要少澆水，這樣麻煩，只種九層塔和薄荷，或者只種迷迭香和百里香也好，就是種著玩，不要傷腦筋呵。」

「謝謝，我就是種著玩。」葉朱莉說：「其實，我有很多種香料，調味用能減少用鹽，下次見面我送妳們幾種。」

家裡沒人，午後顯得十分安靜；她們坐在院子裡陽光下一組桌椅，等著領隊煮麵。

「今天我們從碧潭捷運這邊搭渡船去對岸健行，以前人多時我們會在一間廟前用瓦斯爐煮麵——人越走越少，走來走去，當是要找更遠的新地方走，才能維持熱情，但是，真要走遠會怯場。」

「不是人人都能那樣閒情逸致——像我，等等就要去幼稚園接孫子下課，回家又要幫婆婆洗澡，不像領隊她公公婆婆早都過世了，兒女也都不住家裡——」

「她先生也很體貼，這時當是在圖書館看報——他在區公所做義工。」

「我不會想在區公所做義工，那裡公務員到了下午多是閒著，戶政事務所公務員就很忙，啊，社區志工，我看，參加晚上巡邏比較實在。」

「對啊，晚餐後散散步也可以幫助消化，真要做公家機關義工就要看情況考慮。」

「如果每個月一次，就近在里辦公室或那裡，和婦女談談身心保健，我會很樂意。」葉朱莉說。

「啊，這樣講個兩年，打開知名度，妳也可以選里長，我們那個新里長，好像是設計公司沒做成，選里長。」

「醫師好好經營幾個里，直接參選市議員，再參選立法委員或市長也會有勝算。」

「哈哈，我沒想過。」葉朱莉說：「如果領隊閒著無聊想參選，我每個月來這裡義診半天幫她宣傳，可以考慮。」

領隊端來一鍋麵，上面浮著滿滿的紅燒牛肉和湯汁，又拿來四個碗公和一大碗鹹菜，說：「這都是聯勤工廠以前那種罐頭，沒有防腐劑，沒有瘦肉精，是紐西蘭或澳洲的牛肉，五個人用三罐，大約是每個人吃半斤，我上次買一箱只剩下一罐要留給我先生吃，要不然就多給妳們呵，鹹菜是我自己醃的，醃了三個月應該已經沒有亞硝胺的問題，不像麵攤上的鹹菜，免費吃，消耗量大，才醃幾天就給客人吃——我聽妳們好像在談做志工，昨天我在市場聽一個年輕菜販說不會搞經濟只想玩政治，和他聊天的顧客說，是啊，兩黨都一樣，沒什麼真正的民主政治，選上了就歪哥，我想真是這樣，都只想任何藉口驅使民眾，而民眾，人和人那樣疏離，有多少志工也沒用，多多和鄰居交朋友，互相關心、幫助，一起玩比較實在。」

10

這天早上葉朱莉在學校教學，就自己多年門診見識，講職業婦女心理病相關左右腦運作和可能的內分泌問題。

她另有人體生化作用的細節認識和微積分模擬運算能力，作研究的同學喜歡邀她參加小組支援他們研究的基礎架構；她也歡喜自己因此能深廣更多醫學知識。這一年來，因為疫情，人際保持距離，她只按通訊聯絡在家上網工作。

這時，她老家院地攀上圍牆的蒜香藤正在陸續開花，這紫色花盛開時會覆滿圍牆角落兩旁，很受鄰居和過路人喜愛。玫瑰花也開了幾色，枝葉有點低垂，她就順手拿起擱在牆邊的肥料液在地上噴灑。夜來香這時也是花期，但是，白天花苞密合了。這是前院以前原有的花木，歷經多年，枝幹結實花片豐潤，姿態從容自若。她父親新種一棵金蓮木，葉子像桂花木、花像梅花，所以也叫桂葉黃梅；黃花散開在枝葉間，凋謝後花萼聚合成紅色其間有黑色大果實數粒竝列圓形，都很亮眼，開花結果這樣變化也很可觀。

不久前，父親因為久不開車，終於把感情難捨的車子送人，又把遮了大半天空的龍眼樹枝幹鋸掉幾支；殘枝上可見開花，她覺得可惜。這棵龍眼樹長得高採收需要爬梯，多年來就任小鳥採食或散落地上；她想，老人多曬一點陽光還是比較好。父親把車子送掉，院地開敞後，她請一個花農來看，在周邊安置各種盆栽和能調整定時自動灑水器，也把屋後院地如此建置。父親看這灑水系統很便利，想把這空出的前院也挖開部分水泥地，種幾種十字花科蔬菜，這科蔬菜有白蘿蔔、紅蘿蔔、高麗菜、白菜、白花椰和青花椰，以及深綠色芥蘭等等，有些價格貴許多卻較富營養，有些且有近似醫療的效用。父親喜愛廣泛知識，這表現在書架上近萬冊藏書，資訊科技從軍用開放至社會大眾使用時他也沒落後，每天他總會花一點時間在書桌用電腦；認識十字科蔬菜這種超級食材，就是這樣來的。

她沒進屋內，雖然知道這次病毒需經口沫接觸，還是覺得怪異；就只在屋外誇大想像病毒瀰漫在空氣中隨時可能讓人死亡，造成人人驚慌和恐懼的亂世情境。她也想像這病毒只有一定時間存活，這時再沒可寄生的人體繁殖，被關在屋內沙發扶手、書桌或廚房某處，正在死去。窗上白鐵欄杆上父親用兩隻掛勾懸吊兩只口罩，那就是他說的只戴在附近走走掛起來吹吹風曬曬太陽，擱幾天就能殺菌不需要每次換新；他這樣做，因為不想浪費。這樣想，她不能說他沒什麼道理；但是，這時，她想，她要認真弄清楚父親這種自信或者這種看似強迫症心理是怎樣產生。

這麼一轉折，已過中午。街上有昂揚鎖吶響亮和沉重響鑼，她才走出弄道就看到幾個藍衫黑褲青少年隊伍，在一支黑色令旗下開路行進；隊伍後面一輛花車懸有頭旗，車上斜擺一張看板，滿飾花朵，大字書寫永和保福宮保生大帝誕辰，還一輛車載有木造四方神轎，雙層漆藍，帽型轎頂除了曲折邊條間格環繞還懸有大紅綵帶。幾個男女，胸前掛背袋，一路給騎樓下或路人分送零食小包。隊伍後續跟著一輛輛小花車，看板標示幾個贊助這次遊行車陣的金主大名，還有一輛空車只在車頂後架起兩支擴音喇叭，嗩吶和鑼聲就是從這裡播放。

這些遊行隊伍或因為運動劇烈呼吸困難多有人沒戴好口罩，她想避開這種群聚就趕往另一條弄道，卻又在出口遇到一隊陣頭。十幾個女性嗩吶樂手組成隊伍，她們穿白色衣褲腳踏白鞋，身上另穿粉紅色背心頭戴同色便帽；陽光下看起來整潔亮麗。這個隊伍由一臺載有銅鑼小推車開道，一人在前且行且拉車，一人在車後且行且敲鑼；花車頭旗和駕駛臺上額板，看起來是瓦窯里社區自發性組織的歡迎陣頭，祈求國泰民安風調雨順。她也在不遠處看到永和協義宮花車，前車只插各種令旗，後車載大銅鑼；有人在大鑼下擊小鑼，敲鼓，車後隊伍中有人用雙手打鈸附和。她記得仁愛公園附近這家關公廟，廟上頂著七層樓高公寓；她有一個朋友就住這棟公寓。這時，她也才意識到遠近幾處響著鑼、鼓、鈸和嗩吶，想起這個市鎮巷弄裡隱藏有幾種農村時代宮廟，今天多派出陣頭，精神抖擻，在鬧區大街亮相穿梭。

一會兒，到了另條大街，她遇到更盛大陣頭，前後連綿整條街看不到首尾；來自臺北大龍峒保安宮的保生大帝，神轎看似比例縮小的廟宇，屋頂雙層，上層馬背兩邊突出燕尾飛簷，正脊上站三個小神像。有一個老婦人一邊看一邊和小孫女介紹眼前走過的哨角、將軍；這樣，她初次見識了七爺、八爺、千里眼、順風耳。這些兩三人高的巨大神偶，頭盔上滿布裝飾和花球，彩衣上盔甲鑲嵌鱗片，浮突刺繡花紋或吉祥獸臉；這樣穿金戴銀而相貌猙獰，真有幾分驅邪抓妖的威嚇氣勢。陣頭隨行服務人員，一路分發香火讓人膜拜，空氣中就有幾分清香飄浮；她第一次在嬝繞香味中遐想民宿宗教庇佑的神韻，也合掌祈禱父親能逃過這一劫。

陣頭停等紅燈，她匆匆從間隙中走過大街，在一家義式咖啡點餐。

往常這店裡常能看到年輕人談情、生意人洽商、家人餐飲、小團體聚會，這時一個客人也沒有。她在店外窗口點了一份拿坡里披薩，另請師傅給她弄一點生菜。等待師傅做菜，她在騎樓邊又去看街上陣頭，看到街樹輕緩左右搖晃，發覺南方或西南方來風，是夏天將到的信息。

她趕著回家午餐，也想好好睡一覺，卻在一個社區幾條弄道包夾的小空地，看到羅婉妍枕著背包睡在一張長椅。她幾個月沒再看到這個鄰居小姑娘，想知道這個小姑娘情況是否好些，就小心翼翼在長椅空處坐下。

這空地角落長有一棵朴仔樹，鄰人說有百年多樹齡，這是她初次這樣貼近看。這棵樹，真蒼老，粗壯主幹到處浮出結疤或彎折股條，擁擠中的陷落長有墨綠苔蘚，模糊中看似一對男女緊緊相擁，或一位女性張開長裙遮掩的雙腿偏頭在拉大提琴，更往上看，有兩隻粗幹左右伸展，而中間粗幹或因為風災或蟲蛀平直鋸斷，連著主幹看也像一個斷頭巨人張開兩臂向人撲來；她有點驚訝自己這樣想像。

春天正午陽光已經開始偏斜，羅婉妍後靠椅背側身躺睡，臉頰和頸項露出領口，輪廓分明更顯少女稚嫩康健色澤；她穿短袖短身白上衣，布質柔軟，浮現胸衣線條和隱約圓滾乳房，蕾絲參差繡邊的衣襬和牛仔褲腰頭間裸出一段小腰身和肚臍眼，臀部腿部牛仔褲緊緊貼身包裹，褲腳摺起和短襪之間露出骨肉均勻末段腳脛，也充分顯現青春氣息。

葉朱莉不能接受女性刻意在領口露出乳溝，在衣褲間裸出肚臍甚至於幾許陰毛，但是，在羅婉妍睡臉看到青春氣息，她忽然可以欣賞那樣在健美腰身露出肚臍眼；想像女性天職，在成熟時求孕的潛意識語言。

羅婉妍這樣活潑裝束，她也由衷羨慕。她自己年少時，課餘都在學才藝或加強重要學科補習，穿著大多就是學生服，很少花枝招展打扮。儘管幾次參加活動或在補習班，有男孩愛慕她且隱約或明白表示，她一個也沒放在心上。

人生每個階段應該做什麼把握什麼，是一定的，這是她母親的教誨。母親愛以聖經分享子女，對女孩也常講聖經中的女性故事；特別是，她愛用毛筆在宣紙上白話譯寫經句，不定期釘在有框架的軟木墊看板，掛在室內門邊。她母親不像有些基督徒會偏執糾眾信教，那些選譯就都像是格言，而不是傳教。

天下事都有定時定期，這是她在母親家教格言認識的第一則；凡事都有定期，世間任何活動都有定時：生或死，播種或收成，瘟疫或康復，拆毀或建設，哭泣或歡笑，悲傷或歡舞，防衛或攻擊，性愛或節制，尋找或遺失，保有或放棄，撕裂或修補，沉默或言語，愛或恨，戰爭或和平，都有時。

剛貼出的第一個晚上，她放學回家看到，晚餐間問瘟疫或康復是什麼意思，母親說他們基督徒以為世界和人類都是上帝創造的，上帝會懲罰惡人醫治善人。這也是她第一次想像醫師是很崇高的的工作，也更加想像善惡分野；婚前性行為在她的行為準則是一種惡行，她想，那次聽訓大受影響。

她摸了一下紙袋裡披薩，還有些餘溫，但是，羅婉妍看起來還在沉睡；猶豫片刻，她繼續坐著。不久後，路上走來鄰長。

「這是前面人家那個羅太太的女兒，是吧？」

「是，鄰長好。」葉朱莉在上次里辦公司會議知道這個人是鄰長，也才知道是鄰居，之前，她幾次看到他在河邊菜園耕作，種幾種蔬菜幾棵木瓜；經常勞動和日曬，這個老先生體態結實，皮膚暗呈深棕色。

「她和我孫女同班——不知道為什麼休學了。」鄰長說：「幾次看到她拖著行李箱在附近走來走去。」

又走來一位老先生，和鄰長招呼：「今天來這樣早。」

「李校長家木棉花很漂亮。」鄰長說：「杜鵑花也是，三種顏色都開了。」

「啊，氣候亂了，春天夏天的花開在一起了——」校長回頭望著自家植栽杜鵑花叢間高立的木棉樹說：「花那樣紅澄澄開，因為我初一十五都給花壇施肥。」繼續走來，校長指著小公園說：「這朴仔樹我也就經常給它施肥，要不然開花不會這樣好看，我們附近也有人家種朴仔樹，沒這樣高大，大概是不常施肥，花開起來蒼白。」

校長剛那一指，葉朱莉看到他家牆壁下沿著路邊砌了一個長方小花壇，漆白牆上抄錄有半篇《禮運大同》：大道之行也，天下為公，選賢與能，講信修睦，故人不獨親其親，不獨子其子，使老有所終，壯有所用，幼有所長，矜寡孤獨廢疾者，皆有所養。字體，每個字都有蠶頭雁尾行跡；這隸書寫得工整有力，她不免肅然起敬，把這校長仔細端詳。他合身穿素樸白衣黑褲，腳踏閒居拖鞋嚴謹還著白襪。她不認得這個校長鄰居，這麼一想，她意識到自己實在不認得幾個鄰居。

「現在的小孩，我們老一代人越來越不認得。」校長在對面長椅坐下來，看了一眼熟睡的羅婉妍，和鄰長說：「他們很容易在網路上看到成人才會看的東西，成人則很容易迷上小孩子才會沉迷的東西，所以現在的成人我們老一代人也越來越不認得。」

鄰長只是附和一笑，就對一個印尼女傭推輪椅送來的老婦人打招呼。

女傭把推車並排長椅，在葉朱莉身旁盤腿坐下來埋頭看手機。

「安妮莎，你們印尼還好吧？」鄰長問。

「很不好喔——這個月我們的家，那裡，大大下雨，淹死很多人吔。」安妮莎專心在手機打字，看著資料說：「是問我 Covid 的話，今天有五千七百二十個人感染，兩百三十個人 kematian，啊，卡美地安，就是死掉了——有好多好多醫生和護士打過疫苗也死掉了，我們外國人會給我們打疫苗沒有？」

「我們也還沒打疫苗——我們一直到今天只有一千多人確診，死了十一個人，而全世界確診人數大約是十四億五千萬，死亡三百一十幾萬人。」校長說：「安妮莎，妳看我們臺灣是不是個好地方？」

「嚕阿比阿傻——啊，好好。」安妮莎繼續埋頭玩手機，點著頭說。

公園邊走來一對夫婦，從一個巷弄口出來當是剛在河邊散步。他們把背包和手杖放在校長身旁長椅，站著擦汗；太太望著輪椅上老太太說：「阿珍嬸今天又出來曬太陽了。」

老太太或是沒聽到有人在招呼，頭還是低低望著地面。

「睡著了。」鄰長說。

「阿珍婆婆，頭魯煞——」安妮莎說：「魯煞，啊，壞掉。」

葉朱莉看了一下老太太露出毛帽和口罩的顏面和眼臉，又看看露出褲腳和短襪的下肢，都有糖尿病水腫。

「我昨天應該去看醫生，就是定期檢查。」鄰長說：「哈哈，不敢去，現在醫院應該算是危險的公共場所。」

「還好吧，臺灣人很怕死，口罩都緊緊帶著——」河邊散步回來的先生說：「不像歐美的人那樣無厘頭，咖啡館酒館群聚如常，唱歌跳舞如常，弄得每天幾萬幾十萬人感染，人一堆堆死，殯儀館放不下，堆醫院地上，堆路邊車上，才有點警覺心，特別是西班牙、義大利那種拉丁國家，親情緊密，多有三代同住，小孩回家親父母親爺爺奶奶，就那樣把父母和爺爺奶奶親死了，真是人間悲劇，告別式只能幾個親人遠遠看著神父為死者祈福，唉，慘絕人寰。」

一陣風吹落幾多朵朴子花，大家抬頭去看這棵老樹枝葉和花群搖晃；有兩朵接續打在羅婉妍身上，把她驚醒。她睜開眼，恍惚片刻，忽然端正坐起來也把衣服下襬理順。

「終於醒來了，羅婉妍——認得我嗎？」葉朱莉把食物袋放在她膝蓋上，又說：「我們見過一次呵，我是妳媽媽的朋友。」

羅婉妍沒回答，只是望著自己膝蓋，猶豫幾次，把食物袋抓著就匆匆走開。

葉朱莉有點驚訝，但是沒跟上去。

「妳認識她喔。」鄰長問。

「我和她媽媽認識。」葉朱莉說。

「這小女孩怎麼樣？」

「她怎樣嗎？」葉朱莉想，也許可以從這些鄰居聽得什麼，但是，沒人回答。

「前幾天我看報紙，青少年自殺已經連續三年增加——這樣故意自我傷害已經是十五歲到二十幾歲族群的第二大死因，前不久就有二十出頭女歌手自殺吧？」河邊散步回來的太太說：「不過，羅婉妍主要是因為被爸爸打了耳光，說是她姐姐懷孕回來家裡住，和她住同一個房間，她不習慣，和爸爸反應，爸爸不能諒解她不體貼姐姐。」

「這是家暴喔。」鄰長說。

「她學生時代就有心理問題，被學長姐霸凌，罵難聽的話，啊，像是罵臭婊子——去年年底，也有兩三個臺大學生跳樓。」

「嘍嘍，妳報紙看這樣細。」

「退休無聊，孩子也都不在家，我們老夫老妻，每天就是早上去圖書館看看報，在街上吃飯，下午就到處走走，哈哈，圖書館那個閱覽室裡都是老仙老太。」

「現在小孩啊，青少年啊，教改——增進才藝這想法當然很好，問題是筆試成績升級為十項全能，那樣升學競爭就更加壓力，什麼志工服務、社團參與、營隊競賽，無所不比——」校長說：「當然，青少年憂鬱、自我傷害還有別的原因，校園問題到底還是比較小的，大概只占百分之十，精神健康物資，包括吸毒，這樣濫用，還有情感人際關係，各半占其他的百分比，智慧型手機使兒童提早接觸人際關係，甚至於所謂的人與人接觸的性關係，或者自我認同，問題更大。」

「這些問題報紙、媒體也常談，有說學生課業壓力，也多有擔心不能符合家長要求。」河邊散步回來的先生說：「不管怎樣，家庭教養還是比較重要，要客觀認識自己兒女的資質，鼓勵他們能自動努力就可以吧。」

「哈哈，今天是我在這裡聽過的比較有知識的交談，來在這裡人多是談一些——說常識嘛好像也不算，常識應該是說一般人應該都有的基本知識，普遍知識，但是，呵呵，我們的社會好像很不正常。」校長看了葉朱莉一眼，說：「晚一點來會遇到一些太太，故事很多——」

「是啊——前幾天我黃昏前經過，聽到張太太和陳太太說林太太請律師和鄭太太打官司實在不聰明，把錢給奸巧律師，不如彼此讓一下吧。」河邊散步回來的太太望著坐輪椅的老太太說：「啊，也有人老是在講婆婆壞話。」

老太太勾著頭真像是睡著了；印尼女傭滑著手機螢幕，忽然呵呵笑起來。

葉朱莉想起自己把餐袋給了羅婉妍，這時餓了，禮貌和這些陌生鄰人點兩下頭就離開了；沒走幾步路，聽到他們在談她。

「以前沒看過這個醫師。」校長說：「是我們這裡的人嗎？」

「住河岸美景那棟高樓。」鄰長說。

「女醫師和女音樂老師多長得好看。」校長說。

11

葉朱莉午睡到手機響；廖明珠說既然她在家，這時下班要來看她。她一聽，驚醒起來，約廖明珠在家晚餐。

她用酒精罐把起居常摸觸地的地方仔細噴過，再擦拭一遍。

廖明珠來了也把自己清洗一遍；葉朱莉就去廚房，從冰箱拿出洋蔥、菠菜、高麗菜、馬鈴薯、南瓜、菲力牛排、梅花肉和土魠魚，再從密封玻璃罐倒出一杯小米。

洗完澡廖明珠也去廚房，用另外一塊墊板在旁幫忙切菜。

「我忘了妳是左撇子——」

「我以前怕人注意，也用右手，自己一個人就習慣自然用左手。」葉朱莉說：「百分之九十的人傾向用右手——左撇子或雙手都靈活的人，大腦作用性向可能會是非傳統女性大腦或是非傳統男性大腦，言談和行為很容易被情緒干擾，注意力缺失、學習障礙、激素失調、免疫力系統失調可能性也都比較高，雖然創造力也比較高，呵呵，我有自知之明，所以很注意飲食，畢竟人體生化作用，大腦網絡傳輸電磁作用，都需要營養——充分且適當營養，所以也很自律。」

「會是這那樣嗎？妳學習能力比我強，妳講這大腦的事我就沒記得，喔，或者我沒學過，家醫——妳當然會更加去認識大腦，或者有些是妳自己的體驗，自己的發現。」

「我一開始——雖然每種課都認真做筆記，考試卻都考不好，這妳也許還記得，後來是有教授提醒我，也許先對整個課業內容做大約全盤認識，這樣在各各部分和細節做筆記會比較容易理解和記憶——」葉朱莉仔細把洋蔥平均切片，再切成幾乎同樣碎片，說：「微積分課我一開始也是很吃力，後來全盤想這門課其實只是小學數學加總的另一種計算方法，就是在總體或漫長或開闊的大區域中，盡可能以小部細部消除可以忽視的小變化，做計算再總計——我們還有哲學課呵。」

「呵呵，我也忘光光了——只記得蘇格拉底、柏拉圖、亞里斯多德，還誰——喔，盧梭。」

廖明珠比較自己的南瓜切片，沒葉朱莉切的洋蔥平均，說：「切得大大小小，和切得平均會有不同嗎？」

「煮的時候受熱不同。」

「這樣，吃的時候口感不是會比較豐富嗎？」

「咦，這樣想也有道理。」愣了片刻，葉朱莉又說：「那幾堂課，我如果抄抄筆記，哲學家談倫理和實踐當然沒問題，因為相對生活很實際，談起宇宙也還好認識，一廂情願的推理畢竟有模擬具體可想像，如果是個人看法，例如康德說，不是知識必須符合對象而是對象必須符合認識主體的先天認識形式，那樣以唯心或唯物看世界看人事就會有矛盾，或者那種——有一艘船可以航行幾百年，船上任何一個配件或任何一片木板木塊都換過了，這艘船還是原來那艘船嗎，這就很困難，好在我也是全盤先認識，這門學問只能算是認識人類有那些問題，能怎樣思想，畢竟有些問題是無解的——」

「是啊，不像我們醫學領域，現在內科靠驗血、影像掃描，問題多能確認，外科更是沒問題——你們家醫領域有新進展嗎？」

「精神科相關的部分，儘管已經可以使用電磁設備疏通大腦傳輸網絡關鍵部位，治療憂鬱也還是有很多問題——精神科，即使是常見的精神疾病，也還是無法以驗血或掃描來確認，藥物療效無法保持長久，心理治療那種談話或因為覺得他人支持有一時明顯效果，大多數病患，無論男女，持續接受談話幾年甚至於幾十年到底還是需要服藥，就是那些百憂解、安定、贊安諾，有些人還不斷更換藥物來紓解，有時能在一兩年兩三年有改善，最終還是復發，唉，精神疾病不僅傷害精神，影響人際關係和工作，長期抑鬱和焦慮也會讓人身體越來越虛弱，容易肥胖、患心臟病、疼痛、痴呆和癌。」

「哈哈，突然出現Covid-19，我們感染科一下子幾乎變得一無是處——真覺有點心虛，好在我們臺灣醫療福利做得很好，罹患基礎病的人不很普遍，過去這麼一年，世界各地災情，感染率啊，死亡啊，數據差別那樣大，當就是基礎病造成免疫力有差別吧，要不然，很難解釋我們臺灣為何這樣得天獨厚——剛開始時口罩不夠很急，現在竟然疫苗還不急著買——」

她們各就一個鍋子，葉朱莉在微波爐弄熟再剪成碎塊的馬鈴薯裡加兩個蛋，加入炒成半透明洋蔥碎片，煎成洋蔥牛肉馬鈴薯餅。廖明珠用小米、南瓜片煮粥，將熟時，陸續加梅花肉片和菠菜；葉朱莉看她玩得很開心，就把最後的煎兩份菲力牛排也教她做。她先用大火將厚約兩公分的牛排兩面各煎二十秒，再用中小火把兩面各煎兩分鐘和一分鐘，就熄火蓋上鍋蓋將肉汁燜熟；只費這麼一點時間煎牛排，廖明珠很訝異。

「今天開了眼界——先是和伯父聊天時，他建議我一定要學會自己用最短時間做營養可口食物，這時就從妳的實作見識了。」廖明珠說。

「更認真講究營養的話，這裡面還是有盲點，例如，日常用油，即使是橄欖油，買來我也會在整瓶加一兩粒分量的維生素E，減緩氧化，我們一般用油除了過量，還有油存放和煮法不當，例如光曬、放久、高溫這些問題，啊，如果再說各種食材的各種元素，相佐和相害，那是一時說不完了，例如，我們今晚的澱粉——馬鈴薯、小米、南瓜，這樣轉成的糖分幾乎就過量了，澱粉相關我們的主食，米飯，真要認真計較的話，這些米糧雜糧，白米、糯米、糙米、燕麥等等，磷的含量都有差異，甚至於差很多，人體中鈣和磷有一定的比例，磷的攝取過量，好比超過每日七百四十毫克就可能引起血管鈣化——」葉朱莉說：「怎樣啊，妳突然來，我不免擔心父親情況真是妳說的那樣好嗎？」

「真的啊，肺炎陰影有沒有惡化再造影觀察正常，T細胞和B細胞看似因為吞噬細胞的刺激也明顯活躍，可見他免疫系統還是相當好——」廖明珠說：「啊，我特地來，怕電話說不清楚，我想測試一下妳免疫系統各種指數，是不是也高於一般水平，順便抽取一點T細胞來培養，我已經抽取伯父的T細胞在培養了，啊，伯父住院是我暫時代簽，有些表格也需要妳去簽一簽——想來，哈哈，就是想來好吃一餐。」

「呵呵，這樣我就放心，歡迎妳常來好吃一餐——」葉朱莉說：「是啊，那天我一慌忘了住院手續，妳說的研究我當然很願意配合，妳隨時通知我就去，今天晚上我們來喝一點酒，鬆弛一下疫情緊張，我家很多酒，有放一二十年，我先生去美國後就沒人喝了，我父親以前來拿走幾瓶，後來說這樣好酒隨隨便便他自己喝或讓朋友喝，可惜，這想法有點奇怪，那些酒那麼一放，有的就蒸發掉了百分二三十，或大半，有一罈女兒紅竟然蒸發到只剩罈子。」

「哈哈，有這種事，女兒紅是什麼酒我不知道，聽起來——」說：「忽然想到自己的身體也是好久了，那樣擺著，蒸發了，乾枯了——這疫情多少還是有好處，會讓人怕死，還反省人生。」

葉朱莉找出一瓶日本釀的一點五公升威士忌，也是全麥釀，但是，不經過蘇格蘭威士忌那樣連續蒸餾，還加入微量水梨、柑橘汁、接骨木莓糖漿，有特殊甜味和花香。

廖明珠看似被半邊有腰身的扁圓酒瓶著迷了，一手抓著另半邊的弧形把手，一手摸了摸酒瓶說：「這特殊傳染性肺炎，真瘋狂，讓人困惑，讓人在突發生死，懸疑，恐懼，覺得孤單——」

葉朱莉家餐桌用歐式長桌，木頭桌面幾乎完全鏤空，鋪了厚重玻璃板，桌緣雕了花紋，高背座椅也是那樣在邊框精緻雕花，背靠處鋪有絲綢花布。這長桌看起來是八人座，側邊換小椅可以坐十人，兩端再換小椅可以坐十二人；葉朱莉想起當時買這樣長桌，三、四個工人費力把桌椅擺好時，自己欣賞一會兒，想像有一天兒孫滿座時常熱鬧，這時只自己和廖明珠在長桌短邊對坐，也覺得孤單。

「我知道妳生活很安樂——」廖明珠說：「有點好奇，妳和先生分開這樣遠這樣久，怎樣調適性生活？」

葉朱莉避開她直視的眼睛，不免就正對她浮突在桌面的前胸，隱約看得淡橘色短袖T恤下乳頭緊繃尖起，猜想她當是戴絲蕾波胸罩；也想起她學生時代約會前著裝打扮，常自豪嚷說穿不上需要鈕扣的上衣。她時常約會不回來，室友鄭郁芬，有一次半調侃說她胸部太過豐滿當是注射太多男性賀爾蒙。

鄭郁芬來自鄉下，性情拘謹，有時天真說笑只是呼應大家熱鬧；離開學校不久，她遵照父母意願回鄉下相親、結婚生子，嫁了從事建築業的地方大地主人家，日子過得比她們誰都安樂。鄭郁芬那樣以自己最好的條件，順適境遇也隨機選擇婚姻對象，這時看起來不能不說是一種很好的生活策略。

「鄭郁芬下個月要來臺北——」

「也和我說了。」廖明珠說。

「那天正好我生日。」葉朱莉說：「疫情還好的話，我們就來再約幾個以前室友，把這長桌坐滿——」

「這樣群聚——當是可以啦，我們這些人都打過疫苗了。」

「唉，一時高興，忘了這時群聚危險。」葉朱莉說：「再看看吧，到時再說。」

廖明珠不知為何談話熱情頓減，也忘了自己剛問葉朱莉的家事；葉朱莉看這晚餐也幾乎告了段落，就說要去弄咖啡。但是，她沒立即弄咖啡，而是打了五個蛋拌了麵粉和巧克力做蛋糕。大約半個鐘頭，蛋糕和巧克力就上桌了。

「如果再弄那些奶油或裝飾，會像外面賣的那樣，但是，不健康，食品加工如果適量添加各種營養當然好，問題是現在食品業者或餐飲業者，只顧好吃，防腐，盡可能在合法範圍或非法多用添加劑，吃多了超過人體新陳代謝能力——其實我也不常做蛋糕了，現在的麵粉在加工時損失很多養分，加工後才又補進去養分和一些有害的東西。」葉朱莉說：「哈哈，有時候我也會亂吃一下，只就健康嚴謹吃，其實很累。」

「是啊，有些人——那些負責檢驗的人，礙於政商關係，主管層層壓下來，或者拿人家錢，不可能認真檢驗——我還是要開始學妳，自己謹慎製作食物。」廖明珠說：「這一年，有一天聽一個病人家屬在走道上——像是看到我路過，故意說，這些醫師實在沒什麼用，讓我聽了很難過，對啊，這些 Covid-19 病患來求醫，不是死了就是只剩半條命。」

「唉，這樣自責。」

「忘了說，想問妳，伯父常在戶外活動吧，或有吃什麼維生素？」

「他經常——就是和老同事老同學老朋友打打牌，喝酒聊天，但是，他也自己煮食，吃得很好，我也特別給他準備幾種維生素，還有魚油、硒、葡聚醣、紫錐菊等等，但是，他不認真吃——」

「我是看伯父T細胞和B細胞那樣活躍，好奇，就比對了一下他的維生素D和同年齡層病患。」廖明珠說：「他高了近四十微克，這比年輕病患平均值也高，這也是他免疫力比別人好的原因吧——」

「因為給父親吃維生素和那些東西，我自己也吃，但是，多吃了也怕。」葉朱莉說：「唉，父親忽然感染，讓我想起我們醫師多會錯覺自己不會生病。」

「我也開始這麼吃幾種膠囊——」廖明珠說：「坦白說，在醫院認出伯父，聽說是Covid-19感染，那時我並沒值班，擔心不能治好對妳不好交代，我原來想避開——」

「真是的，知道是我父親，當然要更加努力。」

「哈哈，念頭一轉就是這樣想，那時怯場，因為這嚴重特殊傳染性肺炎病，真是超過我們醫界現在的認識——現在也才開始有各種研究報告出來，但是，疫苗研究很難說是不是對疫苗護航，任何疫苗這樣匆忙推出實在讓人憂慮——我初步的感想是，老年人比較多感染，除了慢性病有影響，免疫力比較差一定是個問題，這和妳之前給我看紐約考察報告結論相近。」廖明珠說：「啊，今天晚上總算談了自己的挫折感、憂慮，精神振作了一點。」

「我們家醫科比較安穩，不會遇到什麼意外疾病。」葉朱莉說：「剛看妳忽然沮喪起來，不免會幸災樂禍呵。」

「鄭郁芬更安穩，閒著沒事她把整形外科改成美容外科玩——不要太勉強把人家變形，把臉或乳房弄垮了就沒事。」廖明珠說：「呵呵，以前笑我多打了男人的賀爾蒙，現在看，只用一個男人好像比較好，我大了乳房，她多了房地產。」

這當然還是笑談，但是，葉朱莉沒再在廖明珠臉上看到喜意，且敏感在廖明珠忽然的急促呼吸，覺得她話語中隱有憤怒和悲傷情緒。

「我忽然想起妳曾經時常感覺胃不舒服——現在會不會有胃潰瘍。」

「哇，同學，妳這家醫真神喔。」廖明珠說：「胃潰瘍是幽門桿菌傷害了胃黏膜，再被胃自己分泌的消化液消化掉，臉上看得出來嗎？」

「沒什麼，是擔心妳最近的緊張情況——」葉朱莉說：「每天搗碎一兩粒生大蒜吃吧，能殺幽門桿菌，煮熟了就不行。」

「啊，有人關心真好，哈哈，如果能和我作愛更好。」

12

葉朱莉已經在負壓護理站監視器看過父親，那時她剛來，父親正在打點滴，斜躺著在胸前翻看一本書；左手臂當是打針太多次，這時插針是留置在手背。

現在她站在父親面前，因為全身層層密封，父親沒認出她，而且廖明珠只介紹說今天來了一個大醫師。

她看父親手臂幾處針孔隱約發青浮腫；此外，臉色、神情都如以往。

「葉老伯現在體溫還稍微偏高，這是病毒刺激免疫系統釋放細胞激素，所以有點發燒，不用擔憂。」她望著父親，強忍淚水又說：「葉老伯咳嗽是否好一點？」

「廖醫師給我打很多抗生素，消炎、退燒，還有點咳，喉嚨疼痛和呼吸困難好像輕緩了，還打了點滴，保護腸胃，保護肝，剛來時掛過氧氣，現在好多了。」

「這裡設備很好，可以用視訊和家人通話——」她說。

「這我還沒用過——以為不怎麼急迫，不過還是有家人來看，啊，是說給我帶東西來。」他說：「給我帶來幾本書解悶。」

「整體看起來，葉老伯病情還好，比其他同樣遭受感染的病患好。」

「是啊，廖醫師也說了，還給我看 X 光片，謝謝你們照顧，等我病好了，讓我女兒來辦一次慶功宴，也像是謝師宴呵——她也是醫師，是廖醫師同學。」他說：「請問大醫師貴姓？」

「我，我和葉老伯同姓，也姓葉——」

「喔，是本家，這樣很好記。」他說：「請廖醫師也幫我記著，萬一這樣折磨過，我記憶力受損。」

「哈哈，沒問題，伯父，您放心。」廖明珠說：「我一定會把伯父醫好，健健康康還給朱莉，那時辦慶功宴也請葉醫師，讓朱莉認識認識交個朋友。」

「總之，葉老伯，您一定要放心，保持心情平靜可以維持自己的免疫力。」葉朱莉說：「好好休息，下次再來看您，那時候一定會恢復得很好。」

卸下防護衣帽回到負壓護理站，葉朱莉一身熱汗也更加熱眼潮濕。她拿手帕把臉和頸項擦乾，從背袋拿出酒精噴霧器把手噴了，又拿出兩個保鮮盒。

「本來想一盒給我父親，一盒給妳，他愛吃豬蹄，我也常這樣做給他吃——」她說：「昨天晚上沒想到，來到這裡才想起，他一看這保鮮盒就會認得，所以兩盒都給妳，算是謝師小吃，呵呵，我父親的謝師宴到時看妳怎麼弄出一個葉醫師。」

「那不難，到時我就說調差了——我今天其實休假，聽妳說要來就來了，等等給妳抽血，伯父住院表單也簽一簽。」廖明珠說：「沒事的話，我們可以去東北角海岸散散心——啊，伯父剛說有家人來過，他家人不就是只妳一個？」

「我也覺得納悶，他看的書不是自己住院時帶來的嗎？」

「咦，這也把我弄迷糊了——哈哈，我才在想，如果是直系親屬，我也要請來抽一點血，比較比較免疫細胞。」

「也許是要好朋友，現在進出公共場都有登錄，也許還有錄影，請妳有空時，幫我查一查——」葉朱莉說：「啊，也許我父親什麼時候偷生了女兒或兒子，現在成人了。」

「這樣的故事，哇，這疫情——真是天翻地覆。」

「我只是隨便說說，逗妳開心，我無所謂，只是想多認識一點父親——」

廖明珠開車離開醫院，順道在街上前行一小段路，迴轉上高架道，又流暢轉進高速公路；

她打開音響播放拉丁舞曲音樂，葉朱莉看車窗外到處陽光，想起臺北春天曖昧輾轉。春天在北臺灣大約就是冬天延續，有時一兩天日麗風和讓人感覺真是春天，天氣忽然又回到陰雨，也冷；持續這樣晴雨不定，氣溫持續增高，立即就夏日炎炎。她也想起自己好多年沒開車離開城市。兒女還小的時候，她常假日開車載他們和母親在郊外遊玩，或去鄰近鄉鎮訪古。現在她明白了，父親和先生不常和他們一起活動或是同樣原因；父親那時忙，應酬很多，常說假日需要在家好好休息，先生教學、研究也是工作緊繃，經常不休假。除了那樣在假日動態休閒，她靜態休閒也還是為引導兒女不被無聊的電視節目糾纏，陪他們在科技、文化節目試探自己的興趣，放開視野看世界，看大自然；看多了，她無意中把一些歷史或自然法則，整理成簡明原理，這限定她哲學思維空泛傾向，在她認識病患也有幫助，特別是隨時診治自己。

那時，她的生活角色是女兒、妻子、母親和醫師；這些角色，因為自己的家教和修養，直到現在，她都覺得自己真是盡心盡力。

廖明珠忽然說：「會開車的人坐司機旁，多會緊張，是不是這樣？」

「妳車開那麼多年，我很放心——前天我們談人的身心，生化、電磁和物理，這些作用，談情緒——我真是練習到能短時間內讓情緒自由流動，無論是正面的或負面，愛、喜悅、恐懼、憤怒、悲傷，也經常能意識到自己這些情緒情境。」葉朱莉說：「是啦，有些情緒因為觸景生情——就是情緒記憶，無論長遠或近日，啊，我父親的情況，真是妳說的那樣有好進展嗎？」

「嗳，真不好我一定會和妳說不好。」廖明珠說：「真不好，妳一定也會幫我好好把伯父治療。」

「我沒這意思——」葉朱莉說：「我只是擔心他發燒沒退這現象。」

「這時發點燒才好啦，妳自己剛才不就是這麼說——是病毒刺激，免疫系統被活化釋放細胞激素，都會發熱？」

「是是。」葉朱莉說：「這就是我正在談負面情緒的情況，這樣糾纏常常自己不知道，看到發燒就只想感染，覺得恐懼，想像空氣充滿隱形病毒，屏氣靜氣就可能一時缺氧，這是一時恐懼和缺氧的因果循環——我父親因為我全身包覆還戴面具不認得我，聲音也會不認得嗎？」

「呵呵，戴口罩聲音當然也會有點變樣。」

「對喔——焦慮真會讓人頭腦不清楚。」葉朱莉說：「他一定也會焦慮——啊，既然出門散心，我實在不應該再談這些事煩妳。」

「還好啦，醫師談這些事——醫師不會為病患的病情焦慮，除非病患是特別親友，這樣談也好，會讓我覺得被分擔了——啊，有件事之前沒和妳說，我看伯父打抗生素沒有任何副作用，就給伯父多打了一點頭孢菌素類抗生素，妳當然也知道抗生素是殺病菌不是殺病毒——但是，現在還不清楚怎樣治療新冠肺炎，所以我就是想要控制伯父 X 光片顯影那些肺部白霧不要再出現，還一件事，我們科裡這一年來有醫師專責找能抗病毒的抗生素替代物，我想起兩種老藥，就選擇副作用比較小的依維菌素給伯父吃——」

「妳是說日本人治寄生蟲的 Ivermectin 口服錠？」

「是啊，最早是用在頭蝨、疥瘡、蟠尾絲蟲、線蟲感染、象皮病，後來發現它能對抗愛滋病、黃熱病等等病毒，特別讓我注意的是登革熱、流感還有 RNA 和 DNA 病毒，它能和刺突蛋白結合，阻止病毒沾染人體細胞和複製，靜脈注射蘇拉明，Suramin，也是治寄生蟲和抗病毒的藥，但是副作用太多，Ivermectin 只有可能眼睛紅癢、皮膚乾燥和灼燒。」廖明珠說：「我是自己買來私下給伯父吃的。」

「喔，亂投醫了，哈哈，好啊，一切都拜託妳了，賬慢慢再算呵。」

「唉，因為這樣，我還想找一些中醫草藥，呵呵，妳不要笑我，但是，我還是比較寄望伯父自己的免疫力。」

葉朱莉望著窗外陽光照亮溪流，發現自己恍惚中車子已經離開高速公路、平面道路，在山路蜿蜒行進。山路在山腹坡上開鑿，除了曲折山壁只見樹林、野草和懸崖，下坡經過山與山鞍部相鄰埡口，有時能在路旁或山坳裡看到民居或農舍，在開放的山底部或是畔溪寬裕沖積地路旁看到散落成排民房；比較大的聚落，除了鐵皮屋，會有小工坊、小吃店和大塊石頭建造像城堡的樓房。這種古老樓房能被想像幾代篳路藍縷財富累積，但是，看不到作物區面貌，這些人家的作物當是在山裡或屋後溪畔。

陽光下，她還能看到不遠處群山錯落，山坡起伏緊鄰，山巔各自高聳映照陽光或藍或綠；她羨慕想，這環山之內一定不會有病毒汙染。

再一個轉折，她看路旁崖下寬敞河流浮有沙洲，認得這群山擁抱的匯流口河谷地附近，就是廢棄煤礦區聚落、平溪線火車終點和元宵節放天燈景點。

廖明珠在這裡停車，高興說：「要來東北角海岸，我是想到可以順路在這裡把豬腳請小吃店煮麵。」

「學生時代我們常常深夜去吃麵——」葉朱莉說：「我們真是老朋友。」

「是啊，也是要開始老的朋友。」

「這兩次見面，我看妳沒以前那樣非常爽朗。」

「就是這場歷史和病史所謂的瘟疫啊，一感染就可能沒命，這樣全球大爆發，如果機場、海港不完全封鎖，還想拚經濟，臺灣當然無法能倖免，一想就恐懼，也感慨自己開始老了，有點灰心，喪志——」廖明珠說：「妳來過這裡吧？」

「孩子小的時候來過兩三次——」望著窗外溪流、層疊山丘、沿山鐵道、傍溪或散落在高低山坳裡的房舍，葉朱莉想起左邊不遠處小火車站和老街的熱鬧景象，說：「也來湊熱鬧過，放一次天燈。」

「我也來放過天燈，晚上就住在這裡，左邊山裡有一間木造旅館——那天晚上下雨，人還是很多，天燈也還飛得起來，就是電視報導那樣千百隻燈漫天緩緩浮起的美麗景象，祈福語也寫了，沒實現就是了，啊，那時剛好有一班火車駛過——」廖明珠說望著日曬空曠的放天燈場地和火車鐵道說：「在黑暗中亮著頭燈和窗口，一陣風箏那樣飄過，真好看，看了也真傷感，回到旅館就很飢渴，把那男人搞垮了，哎，我是說我一呻吟他就在門外一蹶不振，自卑吧，生悶氣，就更加不行了，哈哈，那後來我就很討厭看什麼放天燈。」

跟著開心笑一會兒，葉朱莉才要說話，小吃店老闆已經來上菜。

他並沒按廖明珠吩咐把豬腳煮麵，說：「我看這豬腳滷得很好，煮麵味道會差一點，所以我用烤箱把它烤一下，這樣還會有原來滋味，不過，麵條我用豬骨高湯煮，是古早味拉麵，希望廖醫師喜歡，這我請客，廖醫師可能忘了，我祖母腳傷妳醫過，她原來在這裡沒縫好，在家換藥我們沒經驗，沒注意，就發膿感染——」他看廖明珠遲疑，又說：「後來轉去你們醫院，廖醫師看的，她住院幾天感染治好了，我們也學會怎樣消毒傷口怎樣用藥，眼看就要好了，她又在另一隻腳弄出一個更大傷口。」

「喔喔，我想起來了，是九十幾歲老太太，老太太——你阿嬤還在嗎？」

「啊，她後來又跌了一次，沒以前的運氣，撞到後腦立刻就死了。」他說：「無論如何，很感謝廖醫師讓她多活幾年，活了九十五歲。」

「那很值得了。」廖明珠安慰說：「那樣年紀的老人多是生病躺在床上，你老阿嬤能那樣自己走動，一下子昏過去，對自己對子孫都也算是善終吧。」

在他們交談中葉朱莉已經喝了兩口碗中湯汁，覺得乳白色澤、香味和鮮甜比她自己做的濃郁許多。

「我這高湯作法，除了豬骨還用豬頭、雞爪、翅膀和頭頸，增加脂肪、蛋白和風味，乳白色是熬煮多時水和脂肪充分交融了。」小吃店老闆說：「不打擾了，請慢用。」

「如果開成我們前幾天說的寢室同學會，我就熬一鍋來，一人吃一小碗麵。」葉朱莉看老闆走遠了，說：「這高湯，我想只用大塊豬骨也可以熬成。」

「是啊，像蘇州人做的那樣，也可以加一點點醬油——」廖明珠說：「就是兩種湯頭，任選。」

「日常用醬油需要注意，是純釀造還是化工兌成。」葉朱莉說：「我也不太愛高溫煮食，像蛋白質，每一個蛋白質是幾十個到幾千個胺基酸璉結，不同胺基酸組合會形成螺旋、彎曲、折疊，這些璉條再摺疊或相纏，或者兩個以上這樣的璉條再糾纏——這就是蛋白質的四級結構，胺基酸長璉進入胃部被胃蛋白酶分解成片段，進入小腸再被胰蛋白酶分解成氨基酸，才能被吸收，一般煮食不會破壞蛋白質的長璉結構，高溫煮食會逐步破壞蛋白質四級三級二級結構，高溫煮食過度和過久會造成蛋白質一級長鏈的集結，不利蛋白酶分解，這樣，蛋白質就無法被充分吸收，呵呵，老是和妳談這樣細，妳煩不煩？」

「啊，我都外食。」廖明珠說：「妳這樣提醒我當然好。」

午餐時刻，當是習慣這一年多來沒生意，小吃店老闆在她們用完餐後沒再出現。廖明珠或因為那個老阿嬤病患覺得成就感，歡喜她孫子還記得，這樣請客；葉朱莉則在她轉身時，摺疊一張五百元壓在碗底。

她們離開幾步路，才看到小吃店老闆手上拎著一包東西走回來。廖明珠把車停在他身旁，輕按了一聲喇叭，他一看露出微笑，提高手上拎物給她們看，然後向廖明珠鞠了一躬。

「我沒看清楚那是什麼東西。」廖明珠說。

「我看是兩隻豬腳。」

「哈哈，聞了妳的滷豬腳香味，垂涎了。」廖明珠按了一下導航器，說：「鄉下人有的生命力很強，那個老阿嬤現在我想起來了，有一天我巡視病房，裡面是三張病床，兩個是安養院送來的，八十幾歲的是癌症化療沒成功，肝膽腸，喔，好像膽已經毀損，內出血，日夜都是昏昏沉沉像是昏迷了，家人沒想再治療，也沒想就那樣讓她往生，就是安寧維持著，我去看她的時候，她正在抽搐，心跳一百六，立刻給她吃藥，另一個也八十幾，脖子上插管喝牛奶，半失智，經常請求看護讓她出院，要不然就像剛說的那位，不時發出各種節奏聲音，有的聽起來像青蛙叫，再來就是那個老阿嬤，我剛進去的時候，就是她孫子在看護她，那個小吃店老闆，他勉強彎折身體睡兩張牆邊座椅，老阿嬤剛下床，要尿尿，腳有傷還自己走路，只是一時方向搞不清楚，也沒有空間概念，一路走一路尿在褲子——啊，我剛說心電圖，那也是我第一次確實看到血壓高、心跳超速，不是因為生理而是，就是妳幾次說的負面情緒，那老太太白白淨淨，看似很好出身，也許在回憶或思想，憤恨自己被子女這樣遺棄，那兩個老太太要不是有職業看護，不時給她們清理，簡直是隨時泡在尿液和糞堆，所以說小吃店老闆的老阿嬤真厲害，那兩個老太太的看護也說那個老阿嬤那樣老了自己還能走動，真是厲害。」

車子又往山裡跑，在一座跨越溪流高架水泥橋後鑽進山體鑿出的山洞。

「突然驚嚇會讓人心跳加速，不自覺心理恐懼則會讓人呼吸緩慢降低，缺氧——」葉朱莉說：「我的病患如果有一點心理症跡象，憂鬱啊、焦慮啊、恐慌強迫社交畏懼、失眠，或者相關大腦小腦、顏面神經、脊髓、神經肌肉的頭痛、暈眩、抽筋、四肢無力等等，我都會建議他們去看精神科或神經內科，那裡的醫師和我們一樣受過生理、藥理訓練，專業上多有心理治療知識，但是心裡諮商需要時間，所以他們多就是給病患開藥，至少先解決生理相關食慾和失眠問題，這確實有道理，有時候病患會胡思亂想，說不清楚，甚至於說謊，例如有些看起來像是憂鬱症病患，生理狀態不好，不能像樣思考自己的問題，藥一吃，好好飲食好好休息，真就好了，有的心理師很認真，會持續補充自己生理科學知識，評估病患生理、症狀、歷史和發作頻率，隨後的治療，他們能有比精神科醫師較多時間和病患對談，引導病患弄清楚自己感受和情緒問題緣由，有的病患在小時候遭受身體或心理家暴，或在學校遭受霸凌，變得疏離甚至於自虐——但是，心理糾結，層層演繹，或逃避或隱匿，病患和心理師都理不清了，不像外科，如果肩胛骨痠痛，不是骨頭怎樣就是相關的四條肌肉裂傷，很容易分辨，把傷處弄好就能恢復，我那些心理症病患來來去去，惶惶惑惑，我看就是焦慮，恐懼，我是說，我認為恐懼是焦慮原型，嬰兒出生時在陰道推擠，幾乎窒息，第一次覺得生死恐懼，我的病患如果還回來看我，萎靡不振，絕望，我就會說我自己第二次生產經驗，那時已知道疼痛極限，安靜忍著，感覺子宮收縮，兒子也相當努力，終於擠出陰道轉動頭顱和身體好讓肩膀逐一探出，我甚至於想像他踢著腳像是鑽出大海的最後一搏，終於全身冒出，驚喜放聲大哭，要開始自己的新生活，啊，這很像你們感染科傷口治療，只是幫傷口殺菌，傷口必須自己復原。」

「唉唉，那時我真應該聽妳的話也去家醫科。」廖明珠說：「但是，我認為不是所有的家醫科醫師都能像妳這樣學識廣泛又細緻，真是通識楷模——恐懼生死，最初的焦慮，這想法實在精彩。」

「實在和妳說，我自己並沒妳看得那樣——可以覺得驕傲，自滿，只是看多了病患因為辛苦工作生活，日積月累，不知不覺中身心發生問題，這樣領悟，這樣逆向看清楚人的身心運作原理，用以自律，用以治療自己，我一焦慮就會做深呼吸，會自動找活路，啊，一直和妳談醫療，因為和醫師對話，自己就像躺在病床上自言自語——」葉朱莉說：「上次在我家晚餐，妳問我，和先生分開這樣遠這樣久，性生活——我沒回答，因為那時候在用餐，談這種事，會覺得像是母豬埋頭吃飼料時，背臀忽然爬上公豬。」

「哇，哇，我必須好好抓穩方向盤。」

「哈哈，和妳一樣胡鬧才能談神祕，談真理。」葉朱莉說：「我去年秋天去紐約，每一陣子去紐約，當然就會有正常性生活，那時就不會覺得之前沒有性生活，這樣想這樣說真的不勉強，因為性的歡樂是即時的，這是說現在進行的時式，過去的有無就沒什麼意義，人再怎麼苦，性的歡樂是自己與生帶來的——妳當然會明白我的意思——」

「是啊，我經常給自己日行一善。」

「喔，我是要說異性間的性愛才是自然原本設計——更加歡樂，好促成生殖——啊，我所以會在細胞層次談生命奧祕，因為這樣幾十億個細胞，個別的自己怎樣活動，怎樣集體交互作用，已經超過言語能描述思想能理解，真是神祕，我已經好多年不再想什麼生命的終極意義，只敬畏所有和可能發生的細節，人一生的全部細節就是意義。」

說完這些，葉朱莉忽然就安靜了，廖明珠也專心沿著溪流開到河口，又沿著海岸南行。北臺灣東北季風這時已經平息，海面近岸波浪輕微，不遠處接連天際逐漸平坦，陽光下呈現藍色多種漸層，天地間靜謐，廣闊，深遠，不遠處安靜立著龜山島也在深綠間隱入黑暗，只見幾片浮雲緩緩隨車行進。

葉朱莉在這樣的寂靜中，幾次打盹就低頭睡著了。

醒來時，她看到車子面朝太平洋停在路邊，車窗前躺著海灘，礁坪遠處零散立有幾塊大礁石；龜山島在這裡看，側身幾乎平行海岸，除了背上陵線幾處起伏，真像海龜有頭有尾。

葉朱莉手機忽然響起，那位餐廳女總經理再三道歉，說自己這一陣子因為氣餒，沒再和她聯絡。葉珠莉安慰她幾句後，就直接問疫情這樣影響她是否有餐廳房租和房貸憂慮；確定這樣，她就建議，既然先生已經過世而餐廳因為疫情可能長期關門，她是不是可以好好盤算自己的資產，退出餐廳股份，賣了家產回南部去重整自己原來的家庭，畢竟子女和母親有天大且自然親情。那位餐廳女總經理聽了，遲疑片刻，說會認真想想。

「我這病患妳也熟，就是江浙菜餐館那個蘇美玉——」

「蘇美玉我記得，喝起酒有點瘋癲，比我瘋。」廖明珠說：「生意真不行了，疫情這樣一鬧，餐飲業、服務業，臺灣經濟現在是七八成服務業，真很慘。」說著，她就打開門在車旁舒活身體。

葉朱莉看潮水一波比一波有力，往前進展，開始淹沒幾條縱向海溝；她也看到路旁空地欄杆下，有一大片馬鞍藤匍匐在沙灘上，開了幾朵粉紅色花；聚繖花序上有海星狀紫色花紋，把花和綠葉鮮明對襯。

廖明珠在她指引下，一看，說：「啊，我曾經在那裡——白日宣淫，沒完成，因為正要開始，聽到有車停下來，有人打開車門嚷著說，尿急實在忍不住了——」

「唉。」

「我們趕忙端正坐起來——那時路邊沒鋪水泥做欄杆這樣整理，樹叢擋著，就聽得尿流濺在沙地。」廖明珠說：「哈哈，我連續說了兩次作愛的糗事，不全都是那樣啦，但是，性愛因為禮教拘謹法律限制不容易取得，性愛的品質更難獲得。」

「唉。」

「呵呵——」猶豫片刻，廖明珠說：「很久沒見面，這兩三次見面，我這樣胡言亂語不是自鳴得意，是焦慮，這更年期陰道黏膜變薄分泌黏液減少，和男人玩不太來了，這樣就難免會覺得孤獨。」

「真愛玩，可以用一點雌激素——唉，這到底不是生活的全部。」

「呵呵，真是玩物喪志。」

海面已經淹沒海溝、潮間帶，漲潮更加湧進，不時滾浪衝上沙灘，波頂前傾，撞碎成花沫，喧譁作響。

「以前我們幾次去聽女權演講——」葉朱莉安靜看著花沫浮在平薄水面，順地勢盤旋，在沙地無聲無息隱沒，或盪回岸邊被後浪捲進波底；幾次這樣忘我觀賞，終於又說：「我並沒妳們聽了那樣興奮，女性如果不能參與立法，改變至少一半世界，爭取平權只能和男性一樣思維，世界會變得更糟——女性大腦運作機制和男性很不同，從性看愛和人類繁殖，女性器官運作和男性也不同，男性幾乎沒什麼用處——性愛吸引力、樂趣確實是沒能比的，但是這種自然機制只是要擠出幾CC精液，可以認識為大約是三億個精子，這以前我們都學過，現在能更生動更細緻認識，這三億個精子，一開始有好幾百萬或千萬個隨著精液流出陰道，大約同樣數量或全部死在酸性陰道，因為子宮口緊閉排卵期那幾天才會打開，子宮頸黏液才會稀釋以便精子通過，還是會有好幾百萬精子死亡，有些精子也會被暫時困在子宮頸摺被裡，子宮會收縮幫助精子群游向卵子，還是有成千上萬精子被身體免疫系統視為入侵，摧毀，這時，只剩下半數精子繼續前進，輸卵管有兩條，長在子宮兩側，有半數撲空，另半數——這大約是幾千個精子，必須要克服輸卵管內波浪般運動纖毛的阻力，沒死在其間才能在輸卵管末段遇到被纖毛運送到那裡的卵子——這還需要運氣，有時真是偶然——輸卵管這末段會讓精子頭部發生變化，更加活躍嗅覺更加賣命前進，這時只剩下幾十個精子了——卵子大約兩公分，是精子萬倍大，最外層放射狀包覆細胞很像賣氣球那樣把吹好的氣球聚在一起，精子鑽進放射冠會觸發消化酶來穿透，這幾十個精子埋頭努力，有時即將穿透卻被擠開，這種情況就是偶然，不幸，一旦有精子再穿透下一層透明帶，經過透明帶和卵核之間一層液體，對於渺小的精子來說這種空間可以說是宇宙浩瀚——忽然，有一個精子接觸了，卵核外膜就會融合讓精子進入核內，這就是受精了，同時形成不易通過的受精膜，釋出化學物質驅離其他精子接近，這化學作用向外擴散，透明帶也會變硬，所有還在這階段努力的精子就會被困死，競賽結束了。」

廖明珠鬆了一口氣，說：「沒想到婦產科有這樣精采故事——這樣看的話，我們感染科各層免疫細胞對抗病菌、病毒也有戰場故事，哈哈，今天開車來聽戶外教學，很受鼓舞，我也要再深入認識我們感染科究竟是在做什麼事，能做什麼事。」

「既然妳聽了高興——我自己並不羨慕妳性生活多采多姿，但是，妳那樣經歷我也沒想什麼好或不好的倫理學問題——」葉朱莉喃喃唸著數字，心算一會兒說：「我很希望妳倒過頭來想，在妳適婚年齡就算已經排過三百五十幾個卵，拒絕了將近上千億個精子，哈哈，這樣壯觀，但是，這時如果還有幾個卵，是不是至少接受一個精子，生個女兒最好，能常和妳貼心說話，萬一妳老年失智可以幫妳洗澡，也可以幫我洗一洗呵，我是認真說的喔，整個宇宙就是一個子宮，一個胎盤，除了男人提供一半基因，人類誕生和延續全都要依賴女人，生命的產生真是神祕，真是奇妙，想想看，受精卵開始編組基因往各種機構和機制發展，頭部還沒完全成形的時候，大約在第十五天，還沒有皮膚和骨骼保護大腦和脊椎裡已經有神經細胞，開始活動，開始閃爍神經信號，這可以說是生命開始，認知開始，我，這樣開始，到了第二十二天心臟才大約形成，只有花種籽那樣微小，已經試著滴答作響，亂跳，要等到神經系統更加發達大腦能精確控制它的收縮頻率，才會均衡跳動，妳從那時到現在就一直那樣穩定抽動了大約一兩億次，這時候，呵呵，我不是說妳會聽到嬰兒心臟跳動聲音，而是女性荷爾蒙變化妳可能會不經任何測試就意識到自己懷孕了，到了第四個星期，胚胎已經一個腰果大，大約兩公分吧，每天增長約零點一公分，各種器官各就其位長成，男女別也區分了，大約受精後第三個月，這只有十公分大小的人類已經完成，急著開始練習手抓腳踏，探索口鼻，也能感受黑暗之外母體之外世界的聲響，聽母親唱歌、說話、歡笑或嘆息，感受母親情緒——那簡直就是一個新生的妳，完全屬於妳自己。」

「哇，我大姨媽好像又要來了。」廖明珠說：「今天這東北角的漲潮——」

13

在巷子裡來回走兩趟，葉朱莉回到外牆顏色看起來像寺廟的人家；這一混淆，她也懷疑自己對蘇懷萱家原來圍牆的記憶，二、三十年來，這裡景象也是面目全非吧。

她沒按門鈴，而是給蘇懷萱打手機。

蘇懷萱拿著竹掃把，門內石塊鋪的步道邊有幾堆落葉；院子裡植栽多了幾盆花草，看起來就比以前有點擁擠。在一棵大樹下擺茶几和有靠背藤椅，則是她印象深刻的。

「以前我幾次來參加老師星期天下午茶敘，談一些倫理學課題——」葉朱莉說：「很盡興，真、善、美——這類議題，每一個議題常會談個兩三次，那是說兩三個星期。」

「是啊，我常看到家母和學生坐這裡鑽牛角尖，如果現在她還能這樣辯證思想就好了——」

蘇懷萱嘆了一口氣說：「我在電話和妳說她現在糊塗到不會自己穿衣褲，其實是沒穿褲子光著屁股也不知道——有一天她打開門出去，就是那樣，好在外衣下襬遮住了，鄰居看到了把她送回來。」

葉朱莉一聽，認為這是老年痴呆典型症狀之一，已經忘了社會交往基本規矩；這也相關認知和判斷能力極度減弱。

「妳請坐一下，我去喊醒她。」蘇懷萱說：「我想妳門診結束就來，也許還沒午餐，就去——剛去買點心，咖啡也許還熱著。」

葉朱莉覺得有點餓，但是沒碰那些餐點；附近擺有白、黃、橙、紫幾色馬櫻丹花盆，她記得這是一個也常來參加星期日下午茶敘的植物系學生建議，說是可以驅趕蚊蟲。她好奇把花、葉、莖都仔細聞了一下，覺得強烈臭味是在莖上，但是，臭味也不是以前聽說的臭，是一種粗獷青草味。這張長方桌子看起來還是以前那張，只是並排的實木板桌面歷經多年風雨洗刷看起來蒼白，藤椅多處也是這樣磨損籐面，有幾隻椅腳還用木條勉強固定。

這日造房子，除了多處大片採光格子窗，黑色木板牆改成漆白，整片仿造鐵皮屋頂代替也不是整齊排列厚瓦原貌。

老師出現了，在玄關上以手杖支撐一步步走下木板階級；背襯門內光影，看起來像是從遙遠黑暗裡走出來。

她想去幫忙牽扶，蘇懷萱說：「讓她自己運動一下。」又和母親說：「這是妳的學生葉朱莉，是醫師——」

「葉朱莉我知道，是羅密歐的妹妹。」老師恍恍惚惚看了葉朱莉一眼，說：「妳帶什麼東西來給我吃？」

「唉，東西就在桌上啦。」蘇懷萱說：「她現在已經退化成野獸了，隨時都在翻箱倒櫃，翻垃圾袋，找東西吃。」

老師看到桌上餐點，眼睛一亮伸手就抓；蘇懷萱用力打她手背一下，說：「用調羹，用調羹，要說幾次妳才會記得，妳手髒死了，都是細菌。」說著，拿起桌上酒精罐幫她噴手，再從扣緊紙盒拿出酒精紙幫她仔細把手清潔，才又靜下氣，呵呵笑說：「真會被氣死——我們加州這一陣子每天有上萬人確診，這兩個月大約就死了近十萬人，本來我以為可以回臺灣躲一躲，看看父母，那知道回來一看，這樣一塌糊塗，啊，幾次下雨倒是覺得清爽。」她抬起頭看天空陰霾，又說：「我們那裡常常全年不下雨，森林大火也燒個不停。」

葉朱莉看著老師狼吞虎嚥面前滿是殘屑，絲毫不像以前優雅；那時老師愛穿黑色衣裙，外加滿是花朵花枝葉紋樣外衣，冬天暖色圍巾也會在臉側下那一段繡上那種花樣。她不怎麼整理近肩短髮，額頭右上分線常有髮絲垂落遮著一邊眼鏡，那樣抿著嘴唇看著妳說話，很像狐狸躲在樹叢枝葉間探視；現在，那嘴角邊直到下巴兩旁擠滿皺紋，額頭皺紋一道道像是歲月滾浪；眉頭上圓弧拱起皺紋眼角幾條皺紋延伸到耳上，眼睛深陷在陰暗眼窩裡沒半點神氣，真像是在時間和空間茫然若失，就要嚎啕大哭了。

「我記得老師應該八十幾。」葉朱莉說。

「八十——唉，我也沒細算。」蘇懷萱看著母親稀疏白髮，伸手理了理，問：「妳今年幾歲？」

「幾歲？」

「老師這樣多久了？」葉朱莉問。

「我問過我父親，說她退休前一兩年就開始糊塗——實際就是因為這樣屆齡退休，那以後幾次看醫師也一直吃藥，沒什麼太大幫助。」蘇懷萱遲疑片刻，又說：「其實，我看——應該是更年期後就有困擾，她自己幾次寫了——這是我最近幫她整理房間，整理電腦，無意間看到一個隱藏檔案夾，那時她常回憶一個舊情人，還幾種讓自己沮喪的事，例如認為自己的學科一點也不實在，以為自己在無謂的辯證思想虛度一生，我也是在那個舊檔案，看到妳在一份名單上，還在其他地方看到這份名單，但是，多了註記和聯絡地址、電話，這樣知道妳是家醫科醫師，妳認得陳雨庭嗎？」

「認得，她曾經來過醫院，我一看就認得，倒是她連我姓名也沒記住。」

「就是她建議我請妳來看看家母。」蘇懷萱說：「我後來特地對老人失憶或痴呆多加認識，在想，是不是在日常生活幫她建立一個學習模式，像小孩子開始學習這個學習那個，學習怎樣自己生活那樣——就是這樣想像，畢竟她還記得一些詞彙，我是說用字和文法，例如，我剛介紹妳是葉朱莉，她想成是羅密歐的情人茱莉葉，說妹妹，這當然就是還大約記得羅密歐和茱莉葉的故事，妳一定明白我說用字和文法是甚麼意思——我父親對她很好，畢竟也老了，有時被弄煩忍不住還是罵，哈哈，那是想大聲把她喊醒，她多是被嚇到，有時也會頂嘴，就是吵架那樣，有些詞彙和句型，臉上表情和手勢也都很道地呵——我整理她的電腦，把桌面亂放檔案夾都收在背後，就是想要她開始打打字聽聽音樂看看影片，看看是否可能找回一些記憶，幸好她也還能走動，我還想帶她重新認識這附近環境，但是現在這疫情怕她在外面被感染，真是傷腦筋。」

「這樣設定生存實境，重新建立生活，而且自己能意識到這樣情景，真是可以試試看——按妳剛說的，我們女性更年期雌激素分泌會減少，這主要是從卵巢分泌，肝、腎上腺皮質和乳房也會分泌一點，懷孕時胎盤也會大量分泌，可見這和生殖相關，雌激素對額葉運作會有影響，額葉在大腦前半部，相關語言、自主意識和隨意肌的控制，這是說雌激素會影響額葉乙醯膽鹼的分泌，這是一種中樞和周邊神經系統的神經傳導質，這樣影響記憶，心理創傷和長期壓力本來就會影響記憶力，女性停經後忍受壓力能力也會降低，這相關大腦杏仁核運作——老師是不是失憶或罹患阿茲海默症，需要精細檢查兩種生物標記，類澱粉蛋白堆積、神經纖維纏結，類澱粉蛋白堆積就會出現失憶現象，或已經是一、二十年累積，啊，我是說我們人體健康，實在是不知不覺中被一些生化作用決定的。」葉朱莉說：「所以，我建議——我也常給家父吃，豆腐這樣的大豆品、豬肝、蠶豆、煮飯加點蕎麥燕麥，這些食材或富有磷脂醯絲氨酸，或富有植物雌激素、多巴胺，多巴胺是左旋多巴胺形成要素，還有二甲雙胍，這些成分在健康腦細胞、增進記憶力、維持腦細胞之間訊息傳遞都有幫助——」

「實在照顧不來——弟弟在德州，早就忘了自己在臺灣還有父母，哥哥也沒有太多責任感，我每次提醒，他都說事業忙，去安養院讓專業照顧吧，就算最貴每月花七、八萬，十年也不過一千萬，父親根本不想什麼安養院，也沒想被誰照顧，有點不高興，說氣話，說要立遺囑把這房地給我——我當然不願淌這混水，傷了兄弟感情，我實在也不瞭解父親想什麼，幾年前他去蘇州看寒山寺，回來把外牆和大門簷上漆得像道觀，牆壁也漆白，哈哈，真是道貌岸然了，所以妳來時認不得。」

「安養院——主要是為那種醫院出院後需要專業護理、長期護理，例如，有插管幫助呼吸、飲食，洗腎，或隨時需要醫療配備的老人開設，因為這很難在家照顧，失智老人也有安養院，比較少，老師雖然幾乎無法自主生活，畢竟還有意識，師丈情況還好，多少還可以看護她，必要的話可以申請外傭或本地職業看護——」

「我父親不肯用外傭或看護，認為有外人住在家裡就沒有自己的家庭生活，會覺得不自在，有啦，後來有請一個職業看護來幫母親洗澡，因為她大小便都不擦——」蘇懷萱說：「他們這年紀還會有性生活嗎？她幾次和看護說陰道疼痛。」

「啊，這需要去看婦科——女性停經後，缺乏雌激素陰道變薄，黏液分泌減少陰道也不會濕潤，本來就會發生退化性陰道炎，男性就沒有——」葉朱莉說：「啊，有些男性老人還是能經常勃起，那就需要使用潤滑液。」

「真是悲慘。」

「性行為對心理和健康都有幫助——」葉朱莉說：「詳細還是看看婦科醫師怎麼說。」

忽然一陣喧譁，陣雨穿過他們上空層層枝葉點滴打在桌面；他們來不及收拾餐點，蘇懷萱就讓葉朱莉帶老師回屋裡，自己匆匆把老師都抓過的餐盒全都扔進桌垃圾桶。

師丈正在整理起居室老師到處亂丟的書本或衣物，看到葉朱莉進門，趕忙把整理好的成堆，一堆堆推到牆邊一邊埋怨說：「你們老師一天到晚都在找東西，說是有人在偷她東西，唉，都是她自己亂藏亂塞，弄成這樣一塌糊塗。」這時，門鈴響了，他按開電動門鎖說：「應該是陳雨庭來了，剛才遠遠看我還以為妳是陳雨庭。」

「這位葉朱莉醫師是媽媽以前的學生。」

「喔，葉醫師，妳看妳老師這失智還有可能穩住一點嗎？」

「我來努力一下。」

「自己人比較可靠，拜託拜託——」師丈把師母帶到長方茶几一頭坐好，說：「葉醫師和陳雨庭坐這側邊，這樣她就抓不到別人面前東西，她已經退化成長臂猿。」

陳雨庭一見葉朱莉就玩笑說：「我幾次去看人家剛好都下雨停了，說我名字這雨庭可以改成雨停，這次不靈。」說著，從一個提袋取出三盒銅鑼燒和四個紙碟，一盒放在老師面前，一盒拿去廚房給師丈。

蘇懷萱用酒精紙幫母親清潔手，說：「一次只能吃兩個，其他留著慢慢吃。」她看母親用雙手各抓起一個銅鑼燒東咬一口西咬一口，又說：「只能慶幸她還能自己吃。」

陳雨庭帶了一壺師丈沖好的綠茶從廚房回來，看老師已經吃完四個銅鑼燒，說：「啊，啊，老師慢點吃，別噎到。」

「人真要老得優雅才好。」蘇懷萱說。

葉朱莉望著眼前敞開的落地窗外，雨幕後面，雨點打在樹下茶几碎成雨花到處跳躍，感慨人的生命也是那樣，一生一滅，說：「我們年輕的時候來，要麼是在戶外那裡，要麼就是在室內這裡，談真善美那些大概念——」

「美，看得到——美當然看得到。」陳雨庭說：「這簡單常識，竟然會有許多人那樣大費周章談——亞里斯多德和阿奎那，都說了近似的想法，美有適當比例，這當人然是說有尺寸有大小，看得到，有亮度和清晰，這是說色彩了，任何人保持愉快心情承受巨大災難，苦難就會變得美麗，這是說感覺了，美是上帝的恩賜，這是說信仰了，這樣談，我就想像美可以是一種生活態度，這樣認識這樣表現——我原來讀外文系，參加老師這種課外讀書會，以為更能深化外文學習目的、人文素養和思辨能力，畢竟我對英美文學或外國文學研究的專業學識並不熱衷，而且外語表達能力也不是非讀外文系不可，總之，我雙修了外文和哲學，很受用——」

老師忽然兩手從裝盒兩邊各拈起一個銅鑼燒，自言自語說：「美，看得到——」

大家聽了有點驚訝，等她繼續說什麼；只見她把手上銅鑼燒大口咬了，再無下文。

「美看得到——美看不到的話，就不可能想像，不可能產生共識——」陳雨庭說：「美看得到，就必須同意人人可以有各自看法，各自的價值尺度，啊，在文學浪漫想像，即使把美視為一種真理，或視為天賦，都也看成是可以讓人覺得快樂的東西，甚至於值得犧牲一切去追求，不道德也無妨，流行文化說得更迷人，說美要自我表現——賣衣服、賣名牌、賣膺品也是這樣鼓勵人，在哲學，在理性認識，美當然不是這樣膚淺，浪漫在文學思想原來也不只是會讓人覺得快樂，浪漫本意是正直、正義，有勇氣來堅守美、善、真，這樣，有秩序，確定的生活態度，這些標準不像聲音和影像這種有形世界的事物，會變動變壞，是恆常不變——」陳雨庭終於意識到自己這樣淘淘不絕論述，鬆了一口氣，說：「啊，是說妳要來看老師，所以來請教，習慣這樣嚴謹嚴肅思想，會傷害大腦嗎？」

「思想本身不會造成傷害，持續在負面情緒思想則可能——」葉朱莉看老師吃完大約十個銅鑼燒後幾次打盹就垂下臉睡著，又想起她陰道發炎，覺得真是悲慘，想離開，就把負面情緒的生理和生化作用簡要給陳雨庭作了說明。

「這樣我就放心。」陳雨庭說：「其實，我也已經看得很開——辯證思想是一回事，現實生活是一回事。」

葉朱莉去和師丈道別，他正在書房看手機；她安慰他照顧老師很辛苦，他微笑表示還好，慶幸自己搞機械工程能把身體看成機械保養。

她一路找自己車，一路想起老師年輕時活潑丰采慎密心思，就越加感慨老師這時失智境況

——師丈能把身體看成機械保養，這需要右腦能記著自己的身體，自己能時時意識到身體存在；他看起來還能得心應手。她比較擔心蘇懷萱照護母親，情緒緊張，可能導致憂鬱。老師記憶喪失且日常生活必要的一些心智能力嚴重受損，她看，比較像阿滋海默症；她剛才沒在老師家多談這病症，因為多數老人這種失智形式，新近似有研究發現，以前認為神經元間β-澱粉樣蛋白斑塊堆積會導致神經元退化，這想法，可能不完全正確，神經元細胞自噬機制失調影響或必須重新認識。這種細胞自噬作用，是在日常新陳代謝過程，以溶酶體將功能受損元件分解、去除、再利用，保持細胞健康和運作。

雨漸下小，這時黃昏不像這幾天悶熱，但是，這個五月好多天氣溫近三十度，當是已經夏天了。

路邊停車稽查員剛離開，她拿下雨刷夾在前窗的停車繳費單，在車裡喝保溫瓶裝咖啡，想把老人失智症和新研究重新溫習一遍，這樣，她也好在父親回家後給他寫一份老人生活須知備忘，此外，儘管父親疫情廖明珠看得樂觀，她還是擔心現在醫療健康檢測只在分子相關生命層面看得仔細，這在多數病症足可參考和認識，在有些病症——畢竟，生命還有原子甚至於量子層面。這樣想，她就覺得有些氣餒。

天上輕聲滾過一聲雷，她抬起頭在前車窗看雨霧層疊中各處縫隙隱約浮現微光，又想起陳雨庭剛談真善美那些大概念的辯證思想。從前大家反覆探究秩序形式和意義她什麼也沒記住，只記得有人談靈魂的概念；這很容易記著，無論信不信，都讓她認為她母親虔誠信仰的神，應該是哲學問題。老師和哲學系本科學生，他們的思維方式她認得；他們認為至少在一種知識領域裡，確實能自有真善美，因此像宗教熱情堅信。但是，他們語言表達方式，甚至於內容，她多是含糊懵懂，例如，他們把靈魂談成是一個人對生命、智能、認知、美德的責任，產生的勇氣和正義感。這是不是那時他們談的，她不確定，只想起後來自己就筆記相關他們常談提及的蘇格拉底、柏拉圖和其他哲學家、神學家，把他們的思想大約認識，也就學會思想，特別把辯證思想用在持續辯證自己的生活，趨近比較正面的生活。

醫學系學生前兩年，除了物理、化學這類本系基礎學科，另外選修外系課程都是在總校區上課；因為這樣，她也就近參加蘇老師這樣活潑的思想訓練。現在，她想，這兩年真是她童年之後比較輕鬆愉快的學習和生活，那以後在醫學院的醫學基礎知識、臨床和專業技能，簡直可以說日夜都在讀書，才能勝任密集測驗和考試。

她終究明白自己和老師的本科學生思維方式格格不入，認為自己喜愛的數學比哲學實在，雖然哲學思維方式和數學似乎相同。此外，她不善文字思維，因為自己天生常用右腦，偏向圖像思維；而且，後來再加醫學專業訓練，她比較具體認識了感覺和意識，以及這些認知背後實際生化作用。

神的概念，也出現在她最早的社會學習，當教授用史前時代考古發現的喪葬內容和差異，談及國家、城市和社會階級的出現；這樣相關靈魂的神、神權、王權、貴族特權，對人、對生命、道德的認識和態度，並不在意什麼靈魂和真善美。

「真善美——」她望著車窗前不遠處總校區圍牆、街道、各種商店、天空，自言自語：「這當也要是對虛假、醜惡容忍或忽視，才能維持對稱、均衡。」

14

葉朱莉打開電腦點閱病患人數和人名，預想自己怎樣看診。這幾天，臺北市、新北市疫情升到第三級警戒，疫情指揮中心呼籲民眾非緊急非必要，不要到醫院，避免群聚感染；她看門診名單，或因此有些人取消掛號有些人驚慌而新增；總數大約沒受影響。

她的隨診護理師，這幾次，先後來自小兒科和復健科，因為那些科病患大量減少了。隨診護理師遲到將近五分鐘，手上提著紙袋；葉朱莉能聞到油炸香味，猜想這或是她看起來過胖原因之一。

「葉醫師好，我是連德美，從外科來——」

「謝謝妳來幫我忙。」葉朱莉說：「妳以前待過家醫科嗎？」

「待過一次。」護理師說：「家醫科隨診護理比外科輕鬆。」

葉朱莉在實習醫師階段待過外科，對四肢皮膚大片刮破或損傷印象深刻，特別是有些勞工因為重壓、摩擦、碰撞或浸泡，腳指甲長年著色、變形。在那裡看到的傷口，多有大片破皮還倒貼在他處，血肉模糊的傷口也醜陋難；護理師必須站著低頭彎腰給化膿傷口清潔、敷藥、包紮，工作量和身心負擔確實都很重。

第一個病患是定期回診，應該是由長女陪伴來的老太太，進門卻只是一位陌生女士；她自我介紹，葉朱莉立刻想起她是保健記者李錦琪，曾經的採訪對自己聲名有宣傳幫助。葉朱莉一時沒認出她，因為她看起來光鮮亮麗，不像以前跑新聞裝扮簡便素樸。她母親，來看診就是她安排的，先是覺得疲倦，經常噁心、嘔吐、氣喘、失眠，在葉朱莉這裡看出狹心症；後來又增加衰老和腦神經系統問題，在這裡看診十多年。

「上次，因為妳大姊說不清楚，所以建議妳來一次，母親和妳一起住，妳會比較清楚情況——」葉朱莉說：「如果妳母親現在晚上睡不好，我就再給她開安眠藥。」

「我看是不需要安眠藥，就原來那幾種藥吧，腳無力走不動，醒來就是自言自語，很久不看電視了，有時白天睡有時晚上睡，這樣，晚上睡或白天睡沒什麼差別——那種自言自語是自問自答、和假設對象問答，或一再重複和改編自己以前的事，我聽煩了，有時忍不住會想，人如果不能兩腳有力頭腦清楚走進老年，糊塗一天過一天，實在沒意義，實在應該有安樂死的法律機制——這樣想很恐怖，可是忍不住就會這樣想，哎，現在的人無論老少多是渾渾噩噩重複一天又一天——安樂死或真的比較安樂。」李錦琪掏出自己的健保卡說：「疫情升級所以我沒帶她來，只來領藥，她還是老樣子，另外，麻煩葉醫師幫我看一看，我最近經常頭暈，胸部發悶——我幾年前先後離開報社和電視臺，這種行業我看早就是沒什麼遠景，去一家外商藥廠擔任經理，經常應酬，唉，搞藥品是要讓人健康，推銷藥品竟然讓自己生病，更加覺得生活和工作都沒意思，覺得疲憊不堪，這當然也可能是心理造成，不過——」把臉頰給葉朱莉看，她指著一處斑點說：「最近冒出這些皮疹，去住家附近診所驗血，說是血脂高——我應該有用手機拍照存檔。」說著，掏出手機找出檢驗報告給葉朱莉看。

葉朱莉看她總膽固醇和三酸甘油脂都高於每毫升兩百毫克，低密度脂蛋白膽固醇也高於每毫升一百三十毫克，而高密度脂蛋白膽固醇應大於每毫升五十毫克，說：「幸好妳高密度脂蛋白膽固醇含量高，妳有很專業的保健知識，當還是會注意日常飲食——」

「是啊，膽固醇是人體細胞膜建構和各種賀爾蒙作用必須的，這很難拿捏，大約知道的食物是糙米、燕麥、薏仁、紅藜、富含水溶性膳食纖維的蔬果——還有菇類、黑木耳、深海魚、堅果、黃豆、芭樂、柳橙等等都能降血脂，深海魚，現在多說大型魚類汞和重金屬汙染，所以我盡量少吃鮭魚、鮪魚、旗魚——這些生魚片實在美味，應酬時常見，很難克制，平常我愛吃秋刀魚、鯖魚，都富含不飽和脂肪酸，但是，秋刀魚現在少見，大約是被吃光了，有魚販說多被蒐購去做罐頭，也有魚販說多銷往大陸了。」

「哇，畢竟曾經擔任醫療版記者——」葉朱莉讚嘆後，說：「妳看過心臟內科嗎？」

「還沒去——心臟內科醫師我也認識幾位，需要的話我就抽空去看。」

「妳當然知道低密度脂蛋白膽固醇會在血管壁上沉積，發炎，硬化，這樣造成血管堵塞——」葉朱莉說：「我建議妳也去內科看看肝臟，三酸甘油脂容易造成內臟脂肪堆積，變成脂肪肝、胰臟炎——啊，食油每天最好能控制在二三十毫克以下，外食的人常是每天五十甚至於七八九十，近百——」

「是喔——」李錦琪說：「我就是擔心這樣，不敢面對，所以先來妳這裡。」

「無論如何，要抽空運動一下，運動讓血流加速，能增加高密度脂蛋白膽固醇把低密度脂蛋白膽固醇帶到肝臟分解的頻率和功效。」葉朱莉一邊在電腦上打藥單，一邊說：「我先給妳開降血脂藥，也申請檢驗，看看血管壁健康情況。」

第二個預約掛號的中年女士，葉朱莉完全沒印象，也沒在電腦裡看到她有看診資料。她簡單說自己最近非常緊張焦躁，就開始滔滔不絕責怪疫情指揮中心不作為。葉朱莉一邊聽著一邊用她姓名在網路搜索，以為她是擁有公共衛生碩士學位的市政府官員。

「真是這樣——」她像是把雜亂說了一遍的內容酌加整理，結論說：「十幾年前雙北、桃園、高雄那次SARS——也是呼吸道疾病，封了臺北和平醫院，醫師、護理師和民眾死了將近七十人，所以我們臺灣人早早就學會了戴口罩、勤洗手、避免群聚，也是在那時候政府檢討防疫體系缺失，建立三級指揮組織，以中央流行疫情指揮中心統整資源、設置，就是要儲備口罩、防護服等防疫物資，疫情突然爆發，竟然先就沒口罩現在又沒疫苗——已經開始要大量死人了。」

這位地方政府女性官員，套裝穿著黑色平口連身衣裙和西裝外套，終於安靜下來，回復端莊平和；葉朱莉也鬆了一口氣。

「這是妳第一次焦慮看醫生嗎——」葉朱莉說：「這樣的話，妳這焦慮可能只是情緒性，這嚴重特殊傳染性肺炎，前所未有，我們醫師也都不太認識，這樣大量感染人死人，我們也和大家一樣覺得恐懼，我剛聽妳談，當是認為自己專業看法想法不受尊重覺得憤怒，濟世助人熱心沒被接受覺得悲哀——」

「啊，真是這樣——我們辦公室同事曾經起鬨，說怎樣形容形容政府不用感染科醫師或公共衛生專家，而用牙醫擔任防疫指揮官，最恰當——我認為我的說法最好，我說這就是用心腹爪牙，哈哈。」

葉朱莉聽了發愣片刻，開始打藥單，一邊想她狠毒的形容措辭，想提醒她政治對抗意識裡的悲哀和憤怒根本無法消除，猶豫片刻，打消這個念頭，以為這樣說會更加她焦慮；只能希望這場疫情儘快結束，社會不再這樣恐慌、焦慮，相對減輕這種更加的政治對抗意識。

第三個病患服飾保守言語拘謹，是中年上班族女性，還不到五十歲就顯得憔悴，老氣。她去年二月第一次來，疫情指揮中心剛宣告臺灣新冠肺炎首例死亡卻隱匿死者居住縣市，更加人心惶恐；她就是這樣覺得虛弱、暈眩，也經常覺得下腹不舒服，所以，葉朱莉對她印象深刻。胃部以下腹部有大小腸，她幾次便祕，也覺得腹脹和有時像是疼痛，葉朱莉想她可能是大腸憩室發炎或腸易激綜合症。隨著年齡增長，大腸壁會逐漸變厚致容量減少，如果蠕動異常、食物缺乏纖維、腸內壓力增加，內壁比較脆弱的黏膜會被擠壓到腸壁肌肉層外，形成囊袋狀凸出憩室，未消化完全食物或糞便擠進這樣憩室，就可能細菌感染腸道發炎，反覆感染又可能發生大腸膿瘍或大腸穿孔，引起腹膜炎或全身感染而致命。覺得腹脹和疼痛也有可能是腸易激綜合症，這種疾病不因為腸胃道器官病變，而因為大腦神經系統反映、腸細菌過度生長或者穀類麩質不耐等等原因，造成腸胃功能性障礙。葉朱莉給她開藥，也申請大腸鏡、相關血液檢查。一個星期後，葉朱莉看檢查結果，她並沒有腸道生理病變，肝腎也沒問題，只是貧血。臺灣約有四分之一女性患貧血，葉朱莉就把她視為這樣病例治療。持續觀察一陣子，她下腹部不舒服並沒改善；葉朱莉又回到她原來的問題——腸易激綜合症相關原因，例如焦慮症、憂鬱和慢性疲勞症候群患者中就有很多是腸易激綜合症。這因為生活工作長期壓力中，飲食、作息、生理心理造成自律神經功能失調，在大腸發生蠕動不正常現象。

「這一陣子，我繼續努力按醫師建議調整生活步驟，回家也不再想上班時沒做好的事，這樣，真是有好許多，不再覺得以前那樣疲憊——」病患靦腆說：「只有抽空運動一下這事還做不到，不知道為什麼我還是不敢一個人去運動——唉，也許不是不敢，就是懶，畏縮。」

「在家運動也可以，就像我說的那些簡單運動。」葉朱莉說：「高敏感人，大腦轉得快，感受細節一下子就會深入心裡，更加豐富想像力而過度刺激，壞處就是容易心煩意亂，好處就是能有較好創造力——工作和生活都是，所以建議妳還是多做戶外運動，風搖動樹枝樹葉、花香、鳥叫，藍天浮雲，這樣看，想像自然美麗、神奇，想像這些美麗神奇怎樣快速深入心裡，心情怎樣愉快起來——」

「是啊，可是要回家時，不知道為什麼會樂極生悲。」

「呵呵，這我也再三說了，高敏感族容易受刺激，就是敏感嘛——也可能比一般人更能夠感受到幸福，所以，在家裡，盡可能不要受到家人情緒影響，兒女都長大了，我記得是兩個上大學一個高三了，是不是？」

「三個都讀大學了，學費、房租、餐飲，有一點吃力——」病患嘆了口氣，猶豫片刻，說：「疫情又發作了，這次感染是什麼樣子，說是比去年武漢病毒更容易感染，強過六成，是一感染就有感覺嗎？」

「這次是英國變種，還是呼吸道感染，感染了常見症狀有發燒、咳嗽——乾咳、怕冷，也有人呼吸困難、噁心、嘔吐、頭痛、腹瀉、四肢痠痛，或味覺嗅覺喪失——」葉朱莉微笑說：「是啦，還有疲倦啊，妳大該是擔心這情況，注意一下新聞報導就可以，再就是老生常談，戴口罩、勤洗手、和人保持距離，這很有效，我們臺灣就是靠民眾都能這樣自律——」

「唉，都是政府自己管理不當，幾次弄出破口，真是要命。」

後續看診，葉朱莉發覺新來病患多是這樣害怕這一陣子疫情再爆發，疑神疑鬼，覺得身心不適。她覺得這樣也好，順便提醒他們不要因為日常生活工作忙碌或畏縮，忽略自己健保權益。

為國民檢康，政府提供四十歲到六十四歲民眾每三年一次六十五歲以上民眾每年一次，在住家附近特約診所、各型醫療院所都可以做健康檢查。疾病史、家族史、服藥史、健康行為、憂鬱檢測問卷，身高、體重、血壓、身體質量指數、腰圍測量，尿液檢查、腎絲球過濾率、血液生化檢查、B型肝炎表面抗原及C型肝炎抗體等等，這些檢查雖然只在基礎檢測，對於發現可能的慢性病都有幫助。

這一天門診最後一位病患是高中生，這一陣子學校停課讓學生居家線上學習，上星期她母親帶她來看醫生。她母親說她不在家時愛吃路邊攤或連鎖店醬滷和油炸食物，也愛喝奶茶或超商飲料，像是上了癮。她那樣愛吃油膩愛喝飲料卻經常覺得飢渴，也覺得疲乏，葉朱莉就讓她去檢查血脂和血糖。

葉朱莉在電腦上細看她各種檢測數據，血脂非常高，糖耐量異常顯示她糖尿病已經到了前期，就問：「小朋友，妳知道糖尿病嗎？」看她一臉茫然搖搖頭，就警惕說：「妳要感謝媽媽，她帶妳來，看出了高血脂和高血糖，好在妳這一型糖尿才剛過正常臨界線，可逆，可能恢復正常，超越這可逆區間就不行——」葉朱莉忽然想起羅婉妍，想到現在很多青少年像她一樣，不愛被管教，猶豫片刻，一邊開藥單一邊更加重語氣說：「一定要小心飲食喔，糖尿病可能會傷害心臟、血管、眼睛、腎臟和神經，就是心臟病和中風，腳部神經受損、潰瘍，甚至於必須截肢，還有視網膜病變，失明，還有腎衰竭——高血脂和高血壓以及動脈血管硬化相關，也可能促成糖尿病。」

這是葉朱莉初次門診高血脂和高血糖青少年，覺得驚訝；以前，她接觸的都是課業壓力或學業競爭造成鬱悶或信心動搖。這種疾病年輕化趨向，因為年輕學生上班族多外食，食物香醇就是煮得膽固醇高，外賣餐盒、便當熱量也比較高。這樣飲食，能量持續累積就會導致代謝系統疾病、心血管疾病。

多有病患表示恐慌，她給他們多加解釋和安慰，這一天門診結束已經將近下午三點。

隨診護士把一盒炸雞塊和一盒炸馬鈴薯條放上桌面，問：「葉醫師要吃一點嗎，哈哈，就是會讓人三高的食物。」

「我帶了餐盒——」葉朱莉說：「但是，不覺得餓。」

「我不是經常這樣大桶大桶買，今天早上匆匆忙忙送小孩到學校，兩個人都沒吃早餐，所以買了這麼多，我先吃一點，等等去接小孩讓他在車上吃——剛聽葉醫師警告那個小妹妹，啊，今天還有一個高血脂病患，我才想起這炸雞塊和薯條實在不好常吃。」

「有時候經過這種賣店——我也會忍不住買一點。」葉朱莉打開冰箱拿出蛋炒飯盒放進提袋，就和護士告別。

她輕輕帶上門，想起自己初次那樣大桶吃炸雞塊和馬鈴薯條，是在女兒大學畢業典禮後，先生忙沒參加，她和兒女一起這樣吃，還吃了幾種東西，算是慶祝。

15

廖明珠給葉朱莉發消息，說她父親過幾天會出院，晚上要帶肺部 X 光片影像、腦部和腹部組織磁振造影給她看；也說想再喝一點上次喝的威士忌。

她來，又是直接去浴室洗澡；說疫情比較嚴重要把全身衣物也洗。葉朱莉就給她自己的內褲和睡袍，再把她的衣服洗乾，烘乾；然後，一起做晚餐。

「這一波疫情看似緩下來。」廖明珠說：「每天死亡一兩百人妳認為多不多？」

葉朱莉仔細在看父親肺部 X 光片影像、腦部和腹部組織磁振造影，肺葉恢復那樣乾淨讓她難以置信，腦、肝、胰、腎、脾、膽這些主要器官也沒什麼異常。這一陣子，經常閱讀更多各種科學和醫學研究報告，她對新冠肺炎已經相當認識，也知道痊癒患者可能會有各種後遺症，包括頭痛、頭暈、疲乏無力、咳嗽、氣喘、胸痛、關節痛、皮膚發紅發癢起濕疹、痱子、蕁麻疹、味覺嗅覺遲鈍或喪失、腸胃不適，自卑自棄而憂鬱以及憤怒引起認知情緒障礙，行為異常等等，大半會影響日常生活。

「從開始到現在，我們臺灣大約累計確診一萬五千人，康復一萬兩千多人，繼續隔離治療約兩千多人，死亡約七百多人，算是低吧，只因為疫情中，每天即使只死一個人也會讓人驚慌。」葉朱莉說：「平常時候，臺灣每天死亡四、五百人，社會並沒感覺。」

「昨天死九人，比五、六月死亡最高峰期每天三、四十人少很多了，防疫應該很快就會降到二級，這樣的疫情比妳在紐約聽到看到那樣近百萬人感染兩三萬人死亡，簡直不算什麼，但是，醫療資源、人力，負壓病房、呼吸器也是很緊繃——啊，無論如何，暫時可以鬆一口氣了。」

「疫情主要集中在新北市、臺北市，基隆，這北北基生活圈，還有新北市地緣緊密的桃竹苗，其他外縣市好像沒事，喔，就是都會人多於鄉鎮，男性多於女性，二十歲到七十歲之間比較多，當是因為這年齡層需要外出工作，上班。」

「我也是這樣想——」廖明珠說：「唉，美國新一波疫情在鬧新變種 Omicron，致死率比較低，感染力卻更強，當是很快又會傳到臺灣，真累。」

「我最近門診也覺得累——」葉朱莉看了一眼廖明珠沒繫緊睡袍腰帶露出胸襟口的乳溝

說：「很多人因為恐慌來看病，就看出許多自己平常沒注意的慢性病——是啦，上班族常用電腦容易患乾眼，因為螢幕輻射靜電會讓皮膚沾附灰塵增加斑點和皺紋，整天打鍵盤手腕肌肉或關節受到壓力容易受傷——女性手腕比男性細小腕部神經比較容易受到壓迫，教師容易喉嚨乾燥感染細菌而疼痛，空姐因為時區轉換生理時鐘混亂飛機震動和氣壓波動容易流產，櫃臺售貨員長時間站立血液不順暢容易血管壁腫脹或靜脈曲張——職場中的頸椎病、過敏性鼻炎、腰痛都還好，因為長期工作壓力、緊張和不正常飲食造成月經失調、乳腺結節甚至於乳癌、心慌心悸、胃腸易激、糖尿病、高血壓——」

「家醫科竟然看這麼多種病。」廖明珠說：「我們感染科只看病毒和細菌。」

「覺得累，因為想起社會大眾，很難應付組成現代世界的各層次社會、國家、世界、所謂的企業、公司、行號、家，政府、機構，小實體複雜交互作用產生各種較大實體，卻新增原來各實體不具有的特性，個人在和他人和各種群體怎樣互動、選擇，會影響身心健康，就像被層層絲網困住，無形欄圍圈住——無論什麼政治思想，人都是被圍起來工作，年輕人——目前為止，新冠肺炎感染的年輕人比例很較少，因為免疫力好吧，過度精神壓力、不正常飲食、氾濫的食物非法使用添加物——啊，食物製造竟然先想怎樣防腐和保存，而不是讓人吃得安心，吃得健康，這些問題一想就會生氣。」

「哈哈，妳還是安心做修女吧——我是不生氣了，我現在從俗從眾，我——啊，啊，和妳分享一下——去年三月我參加一次會議，無意中聽到有人耳語，說高端疫苗有王公貴族這樣的國家隊在買，在炒作，啊，那時股價是四十多元，我手上好幾百萬閒著，因為前年全球疫情爆發時股市變動太大，我把已經買了十幾年股票，什麼臺積電、鴻海、臺灣五十，這些護國神山、小山股票全部出清，這是將近千萬了，這高端我買了將近四百五十萬，這一陣子有佛光山、慈濟、鴻海都說要買國外疫苗，救濟可憐的臺灣同胞，這當然擋不住，所以前天我把高端股票賣了——股價從四十五飆到三百五，這是將近八倍，我四百五十萬就這樣變成三千六百多萬——」

「哇，真不可思議。」

「是啊，我不太相信呵，很怕一下子就消失了，常上網進銀行戶頭看——哈哈，連續幾天，一天看幾回。」

「哈哈，那樣就好了啦。」葉朱莉說：「不要再玩了。」

「是啊，我就是害怕忽然不見了，不再買股票——啊，忍不住談這個，忘了正事，伯父出院，還是回中正路吧？」

「先來這裡，我就近看著是不是比較好？」葉朱莉說：「我想我還是必須注意我父親可能還有病毒沒有完全清除，藏在黏膜、肌筋膜或血管內皮細胞，或免疫系統被混亂而持續活耀傷害身體。」

「我和伯父說我可以開車送他回家，他說會請同事來載他——」廖明珠說：「上次在醫院妳提醒我查一下，是誰去探病，給他送書報——是何靜宜，看不出年紀，現在五六七十歲多有分辨不出呵，當是很注意保養，妳認識她嗎？」

「我認得，好多年前她先生陸軍少將退役，沒多久心肌梗塞過世了，住在我家附近，是我父親以前同事，她外祖父曾經是我祖父屬下，我祖父跟著中央政府暫時退到重慶那時候，就是她外祖父在廣州先安排部分家眷撤到臺灣，這樣幫了我祖母擠上船。」

沉默片刻，廖明珠說：「暫時留在醫院觀察也可以，但是，即使在單人房，醫師護士來來去去還是容易受感染，回家獨居反而比較安全。」

「謝謝妳還給我爸做了腦部和腹部各種造影。」

「幾乎是全身健康檢查了，還測量各種 T 淋巴細胞，Cd8plus、Cd4、25，還有 Th2、Foxp3 等等那些項目——」廖明珠說：「伯父這病例有點特殊，同樣年齡老人遭到感染多是負向發展，所以，這樣特別檢查，在我們對新冠病毒認識和治療也是有幫助。」

「妳愛穿低胸衣——」葉朱莉說：「哈哈，看到妳乳溝——想起在紐約，我女兒談起將開始住院醫師實習的艱苦，說想和母親作愛——」

「喔，這我也想——哈哈，大概是因為我穿著妳的睡衣，內褲。」廖明珠整了整睡衣說：「唉，作愛真是快樂的事——銷魂，相當程度就是消除想像的靈魂負擔吧，但是，上次妳在東北角談卵子受精，那樣生動，我就很好奇，也許人類生活的基本單位是家庭，不是個人。」

「只是擔心妳以後老了一個人很難過日子，啊，以前我們幾個住在一起，月經常一起來，這現象也很奇妙。」葉朱莉說：「我在東北角和妳那樣談，因為最近覺得經期好像要結束了，開始老了，越加覺得人生沒什麼終極目的，就是和妳說的，只有一生的生活細節和期間的重大變動有意義，我父親出院，我弟弟和女兒會回來勸他去紐約，如果這樣大病一場他會有不同想法，想離開臺灣，我當然也會離開，如果不想，我也不會勸他，我一個人在臺灣生活也很自在。」

「那是很大的變動——」廖明珠沉默片刻，說：「我也曾經考慮換個環境，重新生活，去年我看新聞，美國急缺醫療人員，鼓勵各國醫療人員赴美，急得要用軍機或艦艇載去，我那時好奇，注意了具體辦法，只是短期工作。」

「那則新聞我也看了，因為有一個護理師問我，我就問保羅，他說那種美國國務院領事務務局簽證專業人員，需要延長工作時間，可以去美國公民及移民服務局再申請，美國的投資移民政策，門檻也不高，大約投資兩千四、五百萬元臺幣，能直接或間接創造十個全職就業就可以——有專業技術例如科學科技、特別成就學者、特別表現藝文創作者，這種人才也可以申請移民，比較尷尬的是我們醫師，哈哈，我們臺灣醫師老老少少平均水準也許超過美國，但是，世界各國醫師水準高低差距太大，也就沒有能認證醫師的國際組織，就說我好了，以眷屬移民完全沒問題，如果要在美國行醫就需要再考美國醫師執照，再歷經各階段實習——」

「再考執照我願意，要再實習——天啊，我不幹。」

「呵呵，我也不幹。」葉朱莉說：「當時——我婚後沒幾年就和先生分居，最先考慮的就是工作，然後就是我們各有父母需要照顧，我以為父親退休會願意去紐約，但是，他還是要留在臺灣，所以我又沒能走，久而久之，我竟然，甚至於很喜愛一個人的處境——妳剛說，作愛真是快樂的事，確實，因為愛會影響人體荷爾蒙分泌，增生催產素，這種神經肽激素能促進母親和嬰兒，或戀人之間親密，在大腦和身體相關迴路引起神經化學作用，和喜悅情緒反應相似，不僅是男女情愛，對世間事物、對人，對自己，對大自然，或相關喜愛的想像都是，所以，人無論是否有時候孤獨，在那裡生活，在怎樣的時間空間生活，只要抱持這樣態度，都能吧——」

「哇，說得像唱歌。」

「呵呵，是用閩南語的意思說我吹牛嗎？」

「咦，沒那意思，是說國語啊，哈哈，就是用普通話讚美啊。」廖明珠說：「我忘了妳能聽能說閩南語。」

「我隨時都在學習。」葉朱莉說：「我有些年紀大的病患不會說普通話——」

葉朱莉想起剛才自己說人有時孤獨，這個詞彙，哲學、社會學、文學、心理學，精神病學都使用，混有寂寞，甚至於憂鬱，氛圍曖昧；也就想起自己春天常愛在樹枝上找第一片葉芽，那種孤獨在枯槁死寂中開啟活潑生命，或者整樹開完櫻花，茂盛長出綠葉，甚至於已經結果，那時葉蔭中遲開一朵最後櫻花，自得其樂。不知為何，她從來沒和任何人說過這景象，像是害怕說了，那種無法言說的孤獨的奧祕會立即破解，消失。

16

天才亮，葉朱莉已經把車停進桃園機場，第二航廈戶外停車場。陽光從背後把她身影投射在前方，她看著，想起曾經在家附近小學路邊，看過這樣斜長身影前行景象；那時，第一次強烈感受人是這世界過客的意識，印象深刻，所以，每次看到這樣身影，都會這樣聯想。

她鑽進地下室從電梯上候客大廳，看航班入境時刻表跳動；重播時，她看前幾班飛機都將準時抵達，自己早到近四十分鐘，一下子鬆懈，覺得有點沒睡足。

有些人趴在入境走道欄板上，有些人零散坐在等候區座椅划手機；大廳高敞，偶而才有一兩個行人，就顯得格外寂靜。她背靠一支粗柱，在手機上看紐約市疫情，也是第二波的波底。她很快又從迷茫醒來，明白是機場情境加深自己徘徊心思，決定到戶外解解悶。

大廳外四線車道上空，在三、四樓高懸有鋼構網架頂棚，這時透進明暗長條光影在棚下吊掛的長串巨大光碟片上耀眼閃爍，印在寬廣車道，也井井分明；她揣摩這樣藝術裝置，當是想在國門展示臺灣半導體產業精湛傑出，也很能欣賞，但是，並不欽佩這種多是強迫員工日夜不停工作而勝出國際的加工業，儘管她也知道這些產業在製造階段有領先技術且也日夜保持研發；這是她一個這樣工作的憂鬱病患哀怨吐露的。

班機陸續抵達，旅客開始出境；葉朱莉遠遠站在走道邊欄後方，仔細觀望一陣陣流出人群，但是，人人戴口罩，她沒能及時認出弟弟和女兒，直到他們向她走來。

「這樣匆忙來回，呵呵，講不聽。」

「還是回來看看比較放心——」葉朱華說：「希望這次能當面把他說服，特地帶了精神科醫師回來，幫忙聽聽怎麼回事。」

「呵呵，我行的話媽媽早就解決了。」王容思說：「舅舅還讓我坐商務艙。」

「商務艙——」葉朱莉說：「這樣兩個人就是五十來萬，真是浪費。」

「商務艙空間也不怎麼寬敞舒適，就是和鄰座有相當隔離，防疫嘛，也算是給容思慶祝一下，現在能獨當一面了。」葉朱華說：「也許有一天我也需要精神分析一下。」

「舅舅若是錢太多，煩惱，也許買一堆金磚藏在地下室，經常看一看數一數，心情應該會很好。」

「咦，妳這樣說提醒了——我沒想過黃金，因為它不會生息，不是好投資品，如果看成家庭資產壓倉寶，也許真可能看了覺得安全，愉快。」弟弟說：「有點錢不會煩惱，多到相當程度就會——因為日月持續通貨膨脹，錢不投資生息就會明顯損失，資產會自然縮減，所以有相多錢就會煩惱——」

「哈哈，可憐的舅舅，那你怎麼辦？」

「對啊，真煩惱——最好是買會賺錢的企業股票，這像是投資企業做股東的概念，這樣長期存放著十年二十年，你能賺到股息，情勢變動很大變壞你把股票賣掉，這種投資多是會幾千倍上萬倍那樣賺，債券或國債長就存放也可能百倍千倍——但是，現在這些做法不行，至少可以說暫時不靈光了，因為美國經濟，對世界影響力，都是每況愈下，黃金，啊，大家愛說戰亂或一時什麼亂要買黃金，其實，一陣亂後黃金又會很快跌回原價，就可能賠錢，長期放著不動大概就是價值變成兩三倍而已。」

「我還是學爸媽有點錢就好。」王容思說：「以後如果我在精神科治療有創見，寫一本暢銷書，那時再請舅舅操盤。」

「吔，這想法不錯——」葉朱華說：「幾年前我無意中看到一則新聞，說人的大腦會排斥自己會死的想像，這是什麼機制？」

「喔，那是在Neuroimage——神經造影期刊發表的實驗報告，大腦接收到和自身相關死亡訊息，會產生這訊息不可靠不要相信的想法，是避免恐懼的機制。」

「我想起這事，是想妳外公這次當是會嚇一跳，會認真想自己真老了，我們是不是要在這事，多想一點？」弟弟說：「這樣想，我們這時趕來真對，哈哈，免得過一陣子他完全好了，又會想自己沒死，不死。」

葉朱莉從來沒太認真想這問題，也沒想參與這次弟弟的企圖，只是覺得弟弟這次策略不錯，而想父親忽然這樣大病一場，自己生活可能會有變動；所以，這次在機場會有過客想像。車子已經在支線快速道路跑一陣子，離開機場和範圍內各種方正建築和高架道；從寬暢快速道兩旁草地邊坡和整齊路樹可以隱約看到藍天浮雲下桃園臺地平坦樣貌，繼而穿越陽光照亮的老市區和幾處新造鎮大樓群。

「幾年前回來，在電視上看到航空城計畫，兩千多萬坪那樣鋪天蓋地，印象深刻。」葉朱華說：「名品購物、五星級飯店、商業辦公大樓，所謂國際商務城，還有造鎮造城，後來怎樣了？」

「只知道捷運開進機場幾年了。」葉朱莉說。

「我來上網看看。」葉朱華說：「這個計畫如果如願完成，就表示臺灣還持續具有國際經濟重要地位。」

「遠處那裡是什麼山？」王容思問。

「應該是從宜蘭一直橫跨到臺中的雪山山脈，頂峰是臺灣第二高峰。」葉朱莉看著一層滾動的雲在藍天裡把山影襯出，略高處幾條長幅積雲，以及高處稀薄如霧的層雲裡漫天澎湃卷雲和大團積雲，讚嘆說：「這桃園臺地面海，夏天和秋天白雲在藍天中隨時分合展延明暗幻化，比日升日落彩霞好看，啊，我是說看起來健康。」

「風景也有健康和不健康喔——」葉朱華說。

「是啊，安靜飄雪和陰暗暴風雪看起來心情就是會不一樣，藍天白雲比彩霞看起來活潑清爽，因為彩霞有血的顏色，日出有時很困難，日落像是逐漸失血。」葉朱莉說。

「桃園航空城進展延遲，當就是徵收土地沒原來想的那樣容易，有些地主不同意，而且打贏官司，這些地主會發大財，這是我剛剛忘了說的，有錢買土地也是升息好辦法，放久了就是千倍萬倍生息。」葉朱華說：「我搬到長島去，也這樣想過，長島土地未來當然會比曼哈頓房子更值錢。」

「妳舅舅忙的時候很安靜，閒著會坐立不安——」葉朱莉說：「剛剛你們談恐懼機制，我想起一個病患想戒菸——大部分人正常心跳是每分鐘八十下到六十下，心跳次數低是天生的，或者常運動變成的環境適應，這是說心臟能量輸出功效最好，這個病患是很認真的學者，菸癮很大，讀資料或寫論文，每一陣子就會覺得像是腦袋空白必須抽菸，說是幫助呼吸，我給他測心跳每分鐘六十二次，這是大部分人正常心跳數下限，我請他戴可以測量心跳的手錶，下次專心讀資料或寫論文想抽菸時看一下心跳數，說是四十二下，這有點奇怪，在外科病房病患如果心跳數四十下是要戴氧氣，而他這時會想抽菸，就那麼抽幾口，瞬間，心跳又恢復到六十幾，這樣把菸熄了繼續讀資料或寫論文——我讓他去檢查肺部沒什麼問題，我建議他如果近視看資料或書寫，特別是在點腦作業，最好是戴眼鏡，也保持正確坐姿，就是要讓胸腔能有吸氣和吐氣最大空間，避免低氧，然後推薦他去特別提供戒菸諮詢服務和治療門診，我無法治療這個病患，他平常並不抽菸，只在讀資料或寫論文才會抽菸，那樣思想專注，和靜坐相似，身體能量消耗少，心臟耗氧量也減少很多，心跳和呼吸都會緩慢，問題是，靜坐會專注呼吸和緩深沉，而他專注的是閱讀和寫作的困難解決，在高度壓力下不自知憋氣，這樣就會瞬間缺氧腦袋空白也產生死恐懼——這是人在母體裡最後擠壓中來到這世界，最初始，最原始的焦慮體驗，容思以後會經常面對病患，難以分析釐清他們患病的心理糾結，真可以好好研究一下呼吸問題、焦慮和恐懼。」她望著不遠處的交通標示，把車切進外線，準備下交流道，說：「也許容思可以試一下，讓妳外公真覺得恐懼——他非常有自信，甚至於不覺得老，你們這樣忽然回來兩天一夜，他也許會覺得奇怪，困惑，是不是醫師沒和他說真相，這樣，多少覺得恐懼。」

「哈哈，等一下，把我和容思放在那家豆漿店，我們去買餅油條還各種點心回去吃，這樣吃得高興，免得萬一容思和外公談什麼我聽了也焦慮，恐懼——」葉朱華說：「這樣滿桌食物，且吃且談，也是父親和我都熟悉的愉快場面。」

葉朱莉在他們下車後，就開車回自己住處。

她煎了兩個雞蛋喝了一杯牛奶，就開始燉豬腳同時用烤箱烤鴨，又做了幾樣菜；將近中午，她把這些菜餚放進小行李箱，帶去父親住處。

她驚訝看到葉朱華和王容思扶著鐵架梯，父親高站在上面鋸龍眼樹枝幹。

「不是才修整過嗎？」她看著新長枝葉，說：「再整不會整死嗎？」

「沒問題，這龍眼樹很耐命，只要留幾枝很快就會長得茂盛，這次是想移植到西邊，這樣院子更加陽光，也不會太遮到鄰居。」父親說：「想好好種番茄或什麼。」

「你趕快下來吧，萬一體力不支，昏眩，跌下來，讓朱華上去鋸吧。」

「他沒用過鋸子。」

「呵呵，鋸子不難。」葉朱華說。

「穿西裝也不好工作。」

「要種東西，長島那裡有十倍以上空地。」葉朱華說：「你可以堆成一股一股，種蘋果、櫻桃、桑葚、橘子，可以種蘿蔔、絲瓜、小黃瓜、青江菜、芥菜、芥蘭、荷蘭豆、馬鈴薯和——喔，我們的山東大白菜，吃不完可以在假日農市便宜賣，好玩——真的，還可以在角落蓋一間堆肥室，發酵每天的廚餘，哇，這樣豐富的鄉間生活，我自己說了都想種了。」

「那不行，太累了，我只是種一點好玩。」父親說：「在長島種東西，也不是那樣容易，這我上次去，和保羅的父親聊天時談過了，長島靠海，冬天氣溫比紐約其他地方低四到五度，春天也低三到四度，要到母親節以後才能種東西，不像我們這裡亞熱帶、熱帶這樣好種，隨時種。」

「呵呵，這亞熱帶熱帶真讓我恐懼。」葉朱華說；葉朱莉和王容思聽了笑。

「是啊。」父親說：「工作還穿著西裝，一定會冒汗。」

17

陳欣穎帶四歲外孫來參加聚餐，葉朱莉在他們進門後把他手噴了酒精；帶他在客廳沙發坐好，陳欣穎摘下他口罩，說：「讓朱莉姨婆看看你多可愛。」

這小孩頭髮認真剪裁過，疏密自然覆滿額頭垂在腦後，露出耳朵和勻稱心形臉，臉色潔白緊抿小嘴就顯得嫣紅，要不是頭上反戴一頂棒球選手帽看起來像小女孩。他盯著葉朱莉看，葉朱莉讚嘆說：「啊，所謂的靈魂之窗，我看，只能在小孩的眼白和黑眼珠，那樣晶瑩透澈中，才能看到。」

隨後到的廖明珠聽說陳欣穎外孫非常可愛，也要他摘下口罩，一看嫣紅小嘴就說：「哇，這樣漂亮的小男生，要不是疫情期間，我會把你抱起來親個半死——」她把帶來的威士忌酒放上茶几，看上面兩瓶黑皮諾葡萄酒說：「喔，這Pinot Noir，妳女兒這時回來喔。」

「和先生回來談生意，今天臨時有事，我就把小孩帶來——」陳欣穎說：「哈哈，就是想帶來勾引妳。」

「是啊，是啊——」廖明珠說：「前不久，朱莉才給我上了一課。」

「這次女兒回來，說想去看王立婷，我才明白她為什麼以前會想去紐西蘭——王立婷有一年來我家，那時我女兒高二吧，王立婷談起女性天性適合管家育幼子女，那樣才會覺得幸福，現在必須進入社會，自己的傳統角色再加男性責任，本質卻還是女性——啊，詳細說什麼我忘了，我女兒聽得津津有味，她大學畢業後去奧克蘭繼續攻幼教，說是喜愛那裡的自然生態和素樸環境，她爸拗不過她，說在那裡把英文更加鍛鍊也好，之後必須去歐美讀博士，她答應了，但是，讀完碩士就嫁給一個臺灣去的電機博士，這兩種人都是紐西蘭想要的專業人才，就這樣留在那裡了。」

「專科醫師也是專業人才吧？」廖明珠問。

「這我有特別注意，紐西蘭很缺醫療人員，所以正在考慮修法，把海外各類專科醫師、護理師列入移民綠色清單。」陳欣穎說：「紐西蘭公民、永久居民、有兩年以上工作簽證的人，都能享受公費醫療服務，包括公立醫院住院醫療免費、門診費用補貼、處方費用補貼、懷孕和生產時母嬰保健服務免費等等，那裡也有私立醫療機構，醫療費用相當高就是了，和臺灣健保很像，但是，生活環境比較好，離美國的什麼第一島鏈比較遠也就比較安全吧——我先生正在想買北島一處精緻農場。」

「咦，我好像也可以這樣想一想，哈哈，今晚聚餐現在看起來像是紐西蘭移民諮商會——」廖明珠說：「啊，想起妳是血液專家，我有一個——我有許多新冠肺炎病患，治療後看起來都正常了，只是稍一運動會喘不過氣。」

「呼吸——就是在肺部做氧氣和二氧化碳交換，海平面空氣氧濃度約是百分之二十一，大氣壓七百六十毫米汞柱時空氣中氧分壓約是一百五十七毫米汞柱，氧被吸入上呼吸道、肺泡、肺毛細血管、動脈血、全身毛細血管、細胞，最後到達細胞線粒體，整個過程，不同部位氧分壓會像階梯，更像連續幾層瀑布，逐步下降——啊，說得這樣細，是要提醒妳不要傷這腦筋，妳的專業把感染治癒就是了，再有問題，像是血氧濃度低於九十五或九十二，就轉去胸腔內科或我們血液科，我們會計算相關的各種臨床指數，像是動脈血氧分壓 PaO2，物理狀態溶解在動脈血漿內的氧分子所產生的張力，平均正常值約是一百毫米汞柱，靜脈血氧分壓 PvO2 平均正常值約是四十毫米汞柱，或者酸鹼值 pH，二氧化碳分壓 PCO2，重碳酸氫根 HCO3，二氧化碳含量 TCO2，鹼過量值 BE，血氧飽和度 SAT，標準碳酸氫鹽 SBC，一氧化碳血紅素，變性血紅素，等等——當然，妳說的問題，除了血液本身，還有肺部機體結構和相關肺部連結的組織問題，像是呼吸中樞功能減退，特發性肺泡通氣不足症候群、腦炎、肺出血、腦外傷、甲狀旁腺功能減退、CO2麻醉或鎮靜藥過量或中毒，神經肌肉疾患，頸椎損傷、多發性硬化症、重症肌無力、肌萎縮，胸廓及橫膈疾患、肋骨骨折、脊柱嚴重彎曲、橫膈麻痹、急性胰腺炎、高度胸水、極度肥胖症，慢性氣管炎、肺氣腫、支氣管哮喘、肺梗塞、心衰等也可造成低氧血症，這是胸腔內科的事了。」

「厲害厲害，這樣倒背如流，我的血液認識還在毫米領域，妳是奈米級呵——」廖明珠說：「我知道這事不關我本科，只是這樣大瘟疫裡，看病患無奈看人聽天由命，不免也杞人憂天。」

「低氧問題——受傷出血，或呼吸低氧，察覺這樣的訊息，骨髓就會加緊製造紅血球，這除了蛋白質、碳水化合物、礦物質等等營養素還需要鐵，從消化系統進入血液鐵會導致自由基聚集，所以須先經過十二指腸裡的鐵還原酶加以轉化和搬運，啊，不知道怎樣簡單說才好，最後才能進入細胞使用——」陳欣穎猶豫一下，又說：「鐵還原酶，我們現在認識並不多，只能說營養不良或吸收不良也可能容易氣喘，因為缺氧嘛。」

「呵呵，那就是消化內科了。」廖明珠說。

「既然牽涉這麼多科，我看就先轉去家醫科總評一下吧。」陳欣穎說。

「是呵，葉朱莉談話也是奈米級，哇，我們寢室只有我還在毫米級喔？」

葉朱莉想，廖明珠當是一時想起她父親的問題這樣問，而陳欣穎這樣廣泛推理和結論也讓她覺得有點意外；認為自己真需要把父親的問題從新想一遍。

參加聚餐的昔日同學摯友接連抵達，陳欣穎就在葉朱莉協助下給外孫在電視上放影片；把他留在客廳。

「野生動物影片有的很血腥。」兒童科醫師陳海麗說：「弱肉強食小孩子看真不好，過一陣子懂事了，再看一看也許較能認識社會現實。」

「他媽媽很注意，自己都先看過一次，現在只給看紐西蘭自然風光，野生動物可愛情景，特別是牛和羊，紐西蘭人口約五百萬人，牛約一千萬頭，羊超過兩千五百萬隻。」陳欣穎說：「看的時間他媽媽也限制，多鼓勵到室外和別的小朋友一起玩，做遊戲，就是皮亞傑認為的兒童是在遊戲中認識和增進自己學習，也不讓看那些知名的童話故事，說大人寫童話故事不適合兒童，喔，也不讓隨便看卡通片或動畫片，認為對注意力和記憶可能早成損害——哈哈，我不想為什麼，我不主張祖父母教導孫子女。」

「祖父母有才識，退休閒著，幫忙看著還可以啦，至少不讓在網路或3C商品上癮——現在兒童精神領域，神經發展障礙固然有遺傳的先天因素，學習障礙、焦慮、衝動、創傷、霸凌、雙向情緒障礙等等精神疾病，多是社會整體環境和文化造成直接或間接影響，簡直就是成人精神領域基本款。」陳海麗說：「最不可思議的是，在OECD，經濟合作發展組織這些先進國家裡，臺灣幼兒死亡率竟然排名第二高。」

葉朱莉上了第一道菜，是幾色蔬菜，在各三人對坐桌面上各擺兩盤；說：「連水果和甜點，給各位做了八道菜，我會一道道加熱才上桌，我先給欣穎的外孫熱一點東西，就讓明珠先為各位服務。」

「這歐式長桌，高背座椅，很難服務啦，大家就以前那樣隨興吧。」廖明珠說：「我實在搞不懂朱莉一個人用這麼大餐桌，這麼多豪華座椅幹什麼，呵呵，也許以前和保羅也用來做愛。」

「唉，這個死明珠，將近半百了還這樣搞。」精神科醫師王立婷說：「沒聽到剛剛欣穎說，帶小外孫來是要給妳看榜樣呵。」

「妳們還沒到的時候，我們就談過了。」廖明珠說：「不久前我和朱莉開車去東北角，看海，漲潮時我大姨媽竟然又來了，那時朱莉給我上課，講卵怎樣授精，我聽了真是大吃一驚。」

「細胞真驚人。」陳欣穎說：「它們按人體需用，上百種，球狀、方形、細柱、細網，有的形成會分泌黏液、汗液和油脂組織，有的行成中空環狀運送氧氣和二氧化碳，有的看起來像長腳蜘蛛在閱讀和記憶，有的像形成纖維綑緊的繩索有彈性，有的專為儲存脂肪，這特別是嬰兒依賴的熱量能源，這樣各種各色，大約五、六十億個，小有五微米，大有兩百微米，一微米是萬分之一公分，這樣的小東西由氫、氧、碳、氮、磷、硫這些元素組成蛋白質、核酸、碳水化合物、脂質等等生物分子，構成細胞膜、裡細胞液和細胞核，細胞液裡面有線粒體、溶酶體、中心粒、高爾基體、光面內質網、粗面內質網、核醣體，各司細胞和核仁的保護膜、組織結構、水的保存、蛋白質合成和特殊需要的加工、加糖化作用和分泌、消化、營養轉化能量及運輸、氧化和新陳代謝、保存DNA遺傳物質和RNA的轉錄作用，啊，自言自語說了妳們都知道的事——」鬆了一口氣，回過神來，她又說：「其實，是想談生命，生活，像我們學生時代住在一起時那樣——」

「是啊，那時在人生、社會、世界很多問題還一知半解，卻常爭鋒相對，辯個臉紅耳赤，哈哈，很快樂就是了。」美容外科醫師鄭郁芬說：「我看大家都開始有眼袋了，特地帶來保養液，等等每人一瓶，不過，真要美容還是要多加注意肝腎保健。」

「哇，消除眼袋，很感謝——」王立婷說：「欣穎這樣談細胞，我真想找一些相關影片，整編一下，讓我有心理問題的病患看看，自己身體中那樣幾十億個細胞，有的能存活幾十年，例如腦、骨髓、眼睛裡的神經細胞，有的能存活幾個月，肝細胞啊、指甲細胞啊，有的能存活幾天，像是腸粘膜細胞、味蕾細胞，有的只能存活幾個小時，例如血液中的白血球，都認真踏實扮演自己的角色——啊，任何人要自己身心健康，只需要提供健康的環境，讓它們自由自在就是吧。」

葉朱莉端來烤鴨，盤中除了一隻腿都是一片片切好，說：「少了一隻腿，切給小男孩吃了，哈哈，這隻就給卵子還沒授過精的明珠小妹妹吃。」

「這樣歧視我。」廖明珠笑著問陳欣穎：「我忘了我們的卵子有多大？」

「十八到二十五公釐——十公釐是一公分，看得到，是人體最大的單一細胞。」陳欣穎說：「其實，我們的卵子是多種細胞構成的功能球體，在醫學上也叫卵泡。」

「卵泡喔，哈哈，這樣我就能想像——」廖明珠說：「鴨腿郁芬吃吧，這次大家聚會，就是因為她要來臺北，而這樣的疫情，像是慶祝劫後餘生，朱莉想大家聚一聚，回味以前大家同窗同床——同寢室的歡樂時光。」

「我不想今晚一開始吃，就被鴨腿塞滿——」鄭郁芬說：「妳有注意新冠肺炎病毒多大嗎？」

「我當然知道病毒——」廖明珠說：「只是不能欣穎那樣說得有趣。」

「沒什麼，畢竟那是我們研究人員才會詳細記住——新冠肺炎病毒外膜，嵌有病毒突棘蛋白，電子顯微照相看，像日冕或王冠，裡面包有大約三萬個核苷酸正股RNA，這樣整個病毒顆粒大約一百二十奈米，就是零點零一二公分，這樣的話，裡面三萬個核苷酸，每個能有多大呢，不要說埃米，是更微小的不可思議世界——我們人也一樣，身體裡這些能動的小東西，不僅僅是化學或物理個體，它們依照天生指令，生長、代謝、生殖，反映周遭環境刺激，也能屈能伸，能進出各種縫隙去和各種群體合作，在生理心理各領域表現，這就是生命，沒別的了，部分群體無法工作或正常工作，人就生病，全部群體無法工作，人就死——啊，我占太多時間談這事，只是要提醒大家一定要注意身心這些基本的正常活動維護健康。」

「真的。」王立婷說：「所以我們精神科，早就不太探究怎樣發生問題，只看什麼問題——在這基礎領域，微小世界，看不到鴨腿、鴨片，也看不到神鬼，啊，可是人的貪嗔痴究竟怎麼會發生，還是問題。」

「還是微小世界裡的物理和生化作用吧，像現在這樣疫情，明明是需要疫苗，政府就是不肯讓民眾使用現有疫苗，不想進口，說得好聽就是要發展國產疫苗，說得難聽就是有一票人使用特權在炒股票，發橫財，我先生聽人家說這事，買了一百萬股票，一兩個月賺了八九十萬，呵呵，受寵若驚，趕忙退出，再看股票每天繼續上漲，卻不敢再進去，只唉聲嘆氣，我們有人買了高端股票嗎？」

廖明珠眉頭一揚，但是，才張開嘴就塞進一片鴨肉，望著葉朱莉微笑。

「當然會有知道內線的人賺個上億幾億，甚至於幾十億——但是，我看報紙，也有人進進出出賠了一千多萬。」鄭郁芬看沒人要說話，繼續說：「欣穎和立婷剛談微小世界實在生命活動，我想起春天那時看了一份研究報告，說人體中發現一百零九種化學物質，有五十五種以前我們不認得，四十二種不明來源和影響，我會注意看這則資料，因為這一百零九種化學物質有將近三十種來自化妝品，哈哈，雖然我做美容外科只管切割填補，唉，增塑劑、一般消費品、藥物、殺蟲劑、阻燃劑、全氟辛酸化合物也各提供了多種化學物質，要維持健康真不容易，多出這麼多化學物質，當然會改變或損傷物理結構——孕婦還會通過胎盤傳給嬰兒。」

「啊，在人體中微小世界的活動，提醒生命是怎麼回事當然好，幾年前我有點煩惱，來這裡，朱莉提醒我注意女性特別直覺，後來，我費了一點時間去瞭解女性大腦，這樣認識對我們女性來說，也很實在——」王立婷說：「女性大腦容量比男性少約十分之一，但是，連結左右腦的胼胝體比男性大，大腦區間聯繫也更多，這樣差異，兩性在觀察世界、記憶、情感，會有基本不同，男性習慣每次只處理一件事，思慮比較穩定，女性習慣同時處理多件事，思慮變化較多，這樣，注意力和記憶會受影響，比較不能深入，不能貼切判斷，比較敏感的女性容易抑鬱、焦慮、鬧情緒，也容易罹患過動症和早老痴呆，甚至於暴食肥胖或厭食消瘦、賀爾蒙失調、免疫力失調、不孕等等問題，女性身體發展，雌激素和黃體酮這些賀爾蒙之間平衡起伏，也比男性複雜，經期、孕期、產期、更年期賀爾蒙劇烈變化，無論我們怎樣努力情緒還是容易失控——啊，我原來要說的是善用直覺，一興奮說亂了，不能不懷疑精神科醫師容易被病患感染呵，因為他們簡直是輪番上陣提醒精神醫師自己的問題，所以，朱莉說一說吧，我去幫妳熱下一道菜。」

「還是我去弄。」葉朱莉說：「五分鐘後就給妳們吃鮭魚和蝦。」

「這朱莉腦神經像是綁了辮子，一次都上來不行嗎？一定要用微波爐和烤箱分類把菜再稍微弄熱，什麼微波爐兩分鐘溫度大約是八十四度，三分鐘大約是八十五度，足以殺菌而破壞養分少，呵呵，這樣講究——」廖明珠說：「剛聽各位大醫師開示——唉，新冠肺炎死亡男姓比女性約多一倍，全世界都接近這樣比率，男女確實有點不同，新冠肺炎男性重症患者，睪固酮濃度比輕症低，女性卵巢也會分泌睪固酮，只是這種賀爾蒙在女性感染中沒有明顯差別，雌二醇、類胰島素生長因子的濃度，也和患者症狀程度相關，但是，在女性感染中沒有明顯差別，這顯示男性免疫狀況比較容易惡化，或是男女體內賀爾蒙運作、染色體結構都有不同，女性還有抗病毒的雌激素，實際情況還不清楚，但是也有生物學家認為這很合乎生物學，我認為睪固酮、雌二醇、類胰島素生長因子，這些賀爾蒙相關生殖相關細胞生長，可見熱愛生命生活的態度很重要。」

葉朱莉陸續上了蝦子和鮭魚，蝦子配有蝦殼和蝦頭煎熬出的調味沾汁；大家看她在半條連頭鮭魚烤出的魚油上撒胡椒鹽和義式香料，又把這道菜在大家的盤子分了，一邊說：「明珠剛說我腦神經綁了辮子——其實，我沒那樣刻板，只是在大原則上注意飲食，每一種器官，各個系統，都有相輔相成或相斥相剋的元素，例如魚油這不飽和脂肪酸，或者有些食材特別富有黃酮、綠原酸、槲皮素，在降低血管硬化、擴張血管、抗血栓都有益助，這樣留意就可能減少心肌梗塞或腦中風的風險——啊，謝謝大家今天晚上帶來以前的歡樂時光。」

「怎樣啊。」陳海麗說：「聽起來像是要離開臺灣？」

「沒，沒，就是很高興大家無恙，下一波可能再來的新冠肺炎病毒，Omicron明珠說傳染力比較強，致死力則比較低，大家繼續維護好免疫力當還是會沒事。」葉朱莉說：「立婷要我也說說我們女性大腦，我不能像她說得那樣專業，那樣仔細，所以只說我自己的看法——男女大腦運作差異，是遠古分各自進化的結果，男性在狩獵和保衛家族，需要高度專注，女性在育幼、住家周遭採集、維持家庭、聯繫家族，需要同時處理幾件事，現在職場裡，什麼是男性工作什麼是女性工作，雖然大約還是可以清楚分別，但是，同樣都是在被整編下為工作而工作，不是為自己生活工作，而現代女性進入社會、職場，除了自己原先在家的角色，多加了男性的工作，也被整編在大量各種資訊、假資訊、朝傳夕改或隨時這樣播報資訊，搞笑、無賴亂罵或按你使用網路習性任意為你量身打造置入廣告，變得更加容易發生情緒不穩、焦慮、抑鬱、注意力不集中、記憶衰退等等身心健康問題——今天大家一開始談話，我就深深感觸，覺得我們這寢室的醫師和別的醫師有點不同，我們曾經在人有沒有靈魂需不需要道德意識，以及社會、國家、世界各種問題爭辯，雖然都不了了之，因為大腦自己會學習，會繼續整理，記住什麼忘記什麼，更加注意什麼忽視什麼，逐漸形塑我們的生活態度和技術——我們今天一開始談，就把任何事物都拆解成微小元素物質，那些動力、指令、激素、各種時空聚合作用，幾乎就是所謂的靈魂表現，這樣的無神靈魂，我們一切行思的結果就會都是自作自受，所以，每當意識到情緒起伏，我就會離開這樣的心理現場，保持紀律，平穩度過到另一個心理現場，生活就是在因應這樣變動的場域中漫遊。」

「啊，這比我說得好。」王立婷說：「我原來想說在微小元素和各種作用動力中，當然不會有神存在，若有就不可能有惡的作用——」

「我看也是這樣，新冠病毒折磨的除了老弱多是底層勞動者，神會只整這樣的可憐人嗎？當然不會，所以人生在世要多求自福。」廖明珠說。

18

葉朱莉有時候會約父親星期日早上六點半在公園走幾圈，今天父親想延至八點，她想他當是病後體力較差沒想早起。七點多她就把他最近回診和之前治療的全部資料帶著，在公園邊隔一排矮樹圍的小空地坐著仔細再看；這裡幾條長椅常空著，是他們會合點。

馬路對面植樹，先後種植高低不齊，大片樹葉在高處遮蔽，頂著一團混沌浮雲；一陣陣風掠過，浮雲陸續裂開露出藍天。陽光曬在矮樹叢，穿透其間，樹蔭裡各種綠色都泛金光；樹蔭下可以看到不遠處草地開闊亮麗，白鷺散在各處撿食。陽光也在馬路這邊成排公園路樹到處投下粗細光柱，有幾組人在那裡打拳、舞劍、跳舞；這裡多是老樹，樹蔭垂近跑道邊草地，遮起大片黑影，襯得橢圓紅色跑道在日曬下更加鮮明，男男女女在那裡快跑、慢跑或漫步——她忽然看到她父親在遠處跑道側邊和一個女子揮手告別。她想，那就是何靜宜吧。她將父親的治療資料卷宗放進手提袋，拿出手機看；離八點鐘還有十五分鐘，她就去看一個花農在路邊擺的各種盆花，再從那裡慢慢走回來，假裝是剛要來赴約。

這一會兒，父親已經離開操場，坐在她剛才坐的長椅；看她來，站起來說：「早啊，朱莉，我早到一些，已經去走了一圈，還是幾乎喘不過氣，所以又回來這裡。」

「不急，你就是有一陣子躺病床沒運動，心肌鬆弛，再繼續運動就可以調整過來。」

「感染這種病毒，有的人會肺部穿孔蛀洞。」

「每個人情況不同，你肺部很乾淨，就是正常樣子，你也還是可以相信自己就是免疫力比別人好，才能這樣復原。」她說：「你剛感染時，X光片肺部看起來真是一片迷霧——是啦，也許不能說是全身而退，這病毒——啊，慢慢看，家裡有醫師，還有好幾位後援醫師。」

「廖醫師也這樣說。」他說：「我也經常上網查看相關資料。」

「這樣很好啊，你還可以多找一些保健節目看看。」她說：「遭遇重挫，悲觀，是心理想像也是生理作用，大腦邊緣系統有一對海馬迴——左右大腦都有，這是說它們的形狀，它們相關空間定位和導航、短期記憶、長期記憶，病毒如果傷害到那裡，通常是會造成逆行性失憶，人就比較難搜尋過去的記憶，比較難記住曾經去過那裡，這樣造成順行性失憶，比較難組織新記憶，比較難知道怎樣去想去的地方，這和老年失憶症狀相同——所以老人要吃得好，每天多少運動一下，特別是走很遠，大概五公里那樣遠，這都能促進於神經元新生，維持老年不失憶，總之，可以把這次感染，看成自己免疫力的自然體檢，提醒自己年老，需要更加注意身心健康維護——」

「好吧——」低頭沉吟片刻，他掏出手機點了計步器說：「今天就來走走看。」

他們一前一後走過公園邊林下步道，又走過橋下廣場；這裡還是有很多人相擁跳交際舞，或結群甩頭晃腦擺手踢腿跳健身操。市場口排隊進場人也很多，除了掃描條碼或實聯簽名、留電話，日常生活似乎沒改變。

這裡也是一段河岸步道入口；大片草地上有成群菲律賓小八哥、鴿子、麻雀和幾隻珠頸斑鳩、黑領椋鳥在撿食，也有不少鳥來來去去，停在高架繃緊五條電線或路樹枝葉。藍天裡澎湃各種浮雲，沿著馬路和直排路樹頂，直到遠處。

附近，有人在音響伴奏音樂中吹薩克斯風，聽起來是哀怨的日本演歌。

一群鴿子忽然在鑲有地磚花紋的廣場飛起，幾次盤旋往河對岸公館和景美遠去。

他們繼續走過一段低下緩坡，在轉折處走向像是隧道的林蔭；在林蔭進口，望著一段高起緩坡，父親想歇腳。在路旁一處老舊柵欄小門上，他往內探視裡面雜亂樹林和地面植栽；這是社區大學照顧的生態植物園區。

他們繼續走上一段大約四十五度斜坡，離開林蔭，在開闊處和緩下坡行進。

「我聲音是不是有點沙啞？」他問。

「聽不出來——口罩隔著。」

他把口罩拉低，露出口鼻說：「這樣呢？」

「啊，好像有一點。」她說：「人垂頭喪氣說話聲音聽起來也是啞啞的。」

「我覺得喉嚨有點乾澀。」他拉下一邊口罩繩，往路旁空曠草地走去，深深呼吸幾次，說：「大家口罩這樣戴一年多，呼吸一定都不完整，肺活量也一定會有影響吧。」

「確實可能，每天在人群裡戰戰兢兢，疑慮，呼吸也可能短淺，心肌也可能會稍微退化。」

一對夫婦騎著腳踏車前來，她讓開步道，跟著父親走進草地，又說：「這是現代人通病，平時就這樣了。」

這片草地半圓弧外圍有蘆葦夾雜灌木叢，樹圍上能看到對岸一條高架快速路橋，間隔行有貨車、轎車；有點距離，車行無聲無息。快速路橋後側遠方，在橋上浮著蟾蜍山低矮頂峰和緩斜山脊，它左邊一小段距離外立有一排高樓，高樓左側貼有一〇一大廈模糊灰色身影；快速路橋右邊有高塔和兩棟同色等高新建大樓、叢聚的其他樓群。快速路橋下也是蘆葦和夾雜灌木叢，河岸兩邊樹圍距離很遠看不到下面，當是寬闊河流彎處。在他們背後，步道另一邊，鐵欄圍著，能看到一排綠竹接著香蕉樹叢，雜叢間隱約可見幾處菜園、停車場和街區外圍高樓。

走過起伏坡道，坡下是一段筆直平坦窄路，一邊是爬滿灌木和雜草的低矮土築，一棵牽牛低垂軟枝開出幾朵淡紫色花在風中搖晃。幾臺越野自行車路過，經過遠處一棟高樓，其中一人停下來遙指說那是總統在這裡的住家，不知是在第幾層。路另一邊，隔著鐵欄和樹叢是筆直河段；他們的觀景兩旁，各有兩棵沙柳樹立在河岸，枝幹粗細槎枒交錯，其間形成拱狀，細長樹枝在空中張揚或在河面低垂，這時在風中搖晃密織的狹長葉片翩翩起舞。陣陣涼風，也在漲潮河面更加波痕。

下一個休息點，他們駐足一大片和緩河灣灘地的平整草坪。在他們眼前，有青少年混合球隊在附近棒球場競賽，也有菲律賓小八哥上百成群在附近草地相互追逐嬉戲，另有小群喜鵲、幾隻黑頸椋鳥和珠頸斑鳩散在各處認真啄食。河岸邊健行步道，常有自行車和行人經過。越過遠處河岸蘆葦叢在風中搖晃，可以看到對岸密布樓房和臺北盆地東南緣幾座小山。躊躇片刻，他在一張榕樹下石椅坐下來，抬頭看看茂密枝葉，又轉身去看背後草地。茂密枝葉裡先是有一群麻雀啁啾，再有幾隻喜鵲聒噪；被驅逐的麻雀飛落草地，又逐次一群群相互飛越，逐漸遠去。鄰近街區住宅樓群這片草地，比一路來的草地開闊，且正對一棟高樓；草地緊貼著土堤道路下方，兩旁有大片停車場、一座籃球場和一大片朱槿樹叢修剪整齊，到處開著大紅花。

他像是不想再走了，打開手機看計步器，說：「我們走了四千九百三十三步——」說著，又打開手機計算器，計算走過多遠，一邊又說：「去年我在巷子裡幾次看到一位老先生，太太陪著，用助步架艱苦走路，幾年前，前年吧，還有一個老先生像是用跳著走路，每次只能移動約十公分——應該有不少老人可以正常走路，直到心臟停止。」

「對啊，那需要鍛鍊，你可以把老人悠遊卡每月的政府補助用完當作標準，坐公車坐捷運，到處走走看看，有好的餐館就去點最好的東西吃，啊，隨時用手機拍拍照傳給我們分享，在臺北車站坐電聯車到附近縣市走走，甚至於搭高鐵也可以一日遊，或就住飯店幾日遊也不錯，出國旅行看看世界更好，哈哈，就是把錢花光高興呵，突然在紐約出現讓大家驚喜一下也有趣吧——」她從提袋拿出保溫罐裝咖啡，倒了一杯給他，說：「每天隨時喝幾口水，兩三杯咖啡，兩三片純巧克力，對血管和心臟都好。」

「這需要相當的毅力和體力——」沉默片刻，他說：「這一路來，我們看的景象有幾個很特別，那個像是已經停擺的社區大學生態植物園，原來是附近民間團體募款又老老少少齊力，我在假日也參加過幾次，大家從河岸清理出六千坪沼澤和田地，種了水稻、荷花等等，一百八十幾種臺灣原生水生植物和多種樹木，是很漂亮生態植物園，後來，經歷兩次颱風淹水荒廢了，這種生態臺灣原來到處都是，要嘛就是建商亂倒廢土，要嘛就是養殖漁業亂挖又亂抽地下水，地下水這樣亂抽地層就下陷，啊，幾年前臺北盆地就已經下陷三四十公分，兩三百平方公里那樣的面積，就是公共工程啊，蓋房子建大樓啊，都抽用地下水，現在氣候變遷，到處融冰，海水繼續上漲，一百年內臺灣現在這些平原上的城市都要淹在水裡了——」喝了一口咖啡，他又說：「這裡原來當也是舊住民的菜園，這種情景，現在河岸還有幾處能看到，特別是在河岸蘆葦或灌木雜林樹圍外，這些耕作就近抽地下水或河水灌溉，實際上是不能吃，因為上游工廠排水汙染，好多年來市公所也陸續買回整理成河岸公園，更早之前，在地各級民意代表知道政府有這種都市計畫，向不知情的耕農買了許多，這也算是仗勢取財吧，還沒升為直轄市之前，那是很多年前，我曾經在市公所附近遇到市長，聊了幾句，那時他也許正在煩惱這事，和我埋怨，說要買這些河岸田地幾乎就是市公所一年全部預算，這是說，就無法給公所人員發薪水，晚上也不能亮街燈，哈，這些市長也是問題，我們這裡兩三任市長，祖產都在西邊，所以都市發展都往西南開發，我們這東邊除了河岸高樓，市區因為沒繼續開發或營造，遜色不少，雖然國家也有整體都會計畫、分區計畫，地方首長不能亂搞，即使是省級或直轄市等級首長，也不能亂搞鄉鎮市，但是地方首長，只要經過自己轄下相關機關首長、專業學者和地方公益工作領袖開會，還是可以改用地方分區，所以，就說怎樣處理這些溪流上游砂石業和工廠，還是有首長能在任上給自己弄得二、三十億，而有首長則公正把砂石業和工廠整頓才有現在這樣乾淨河水，現在河流裡魚很多，妳也看過河邊常有人釣得大頭鰱、大鯉魚，吳郭魚更是氾濫，都不能吃，因為家庭廢水接管到外海排放，幾年了還沒完成，長期汙染河底也沉積太多重金屬，效率這麼差，因為埋家庭廢水接管要一路拆除民宅在廚房這邊的違章擴建，這樣的工程都是民意代表承攬，就那麼慢慢拆，要是我規劃就是只在大街埋管，畢竟以後的都市更新就是在大街之中嘛，這樣，永和這樣的小地方當是一兩年就完成——啊，妳有沒有注意到，只要河堤對面路邊有特別高樓，那裡河段公園就會整理得特別寬敞，有花園植栽和運動場——籃球、羽毛球、網球，有的還有槌球，喔，附近一定還有大片停車場——怎麼說好呢，這幾十公里河岸原來多是雜亂荒草，偶而還藏凶殺案棄屍、分屍，政府整理成河岸草地、建商在街區外緣蓋高樓，這樣發展下才有像樣的民眾步道、自行車道，所以我們這社會還是封建社會——封建社會，一般人的認識是腐舊社會，其實這說的是層層分權分財的社會。」

父親許久沒這樣高談闊論，她想起有些心理病患的自言自語；她門診也有不少獨居老人長久沒和人交談，變成這樣。這樣的人來門診，多就是高興來和醫師對話，所以，看病患病症沒有變化她常就讓他們在相當時間裡說得盡興。父親這樣突兀牢騷，也可能是沮喪表現，她想這樣的心情如果能夠掀起深層回憶，還能算是正面的；畢竟悶悶不樂，沉默，容易造成憂鬱。但是，她又低頭陷入沉默，樹上鳥雀不知道什麼時候也都飛走了。

「你不願意去美國，是想回大陸嗎？」

「大陸——有一年才開放不久，我和妳母親帶祖母回山東探親，先去看一個後來遷居棗莊的舅舅，那時是搭飛機去江蘇徐州，租了一輛車往西北走，離開市區進入農村，啊，我是在臺灣出生，沒看過那樣開闊田地，一路兩邊都種瘦高白楊樹，偶而在路旁田間也看到小叢樹圍裡人家，妳母親說住那裡一定很愜意，哈哈，說了種菜、養豬、雞鴨，還要挖出一個荷塘養魚，這樣為自己生命勞動不是為別人願望，被整編分工被驅使，這想法當然很好，我能體會，而如果不待在鄉下，現在大陸也有非常多城市都市化、西化，更勝臺北，但是，醫療、冬季酷寒，還有治安問題都必須衡量，至於共產主義——中國共產黨現在領導人或真還是馬克思主義信徒，不過是作為統治藉口吧，妳祖母以前常去牯嶺街買大陸三〇年代小說，我也看，記得曹聚仁有一篇短篇小說，歷史寓言小說吧，寫楚漢相爭范增老將軍打仗打累了想回家老死，我記得是這樣說——現在連十五六歲小孩都得去打仗，還是秦始皇時代好些，就算去造長城總還有回家的時候——所以是國共內戰老百姓打累了，不是毛澤東是天降聖主，現在這個世界也無所謂民主政治或社會主義、共產主義政治，管理階層貪腐同樣普遍，新聞媒體被收買和被禁制也沒什麼不同，哈哈，反正都是專制，人民只能期待管理階層開明，期待國家有強大生產力，這樣能有工作做，有收入——」他說：「真的，不要擔心我，我會活得好好的，我這一感染，朋友們不太來了，我也想就此疏遠幾個也好，有些人，例如下棋，呵呵，棋盤中間正好有大字寫著楚河漢界，很憂慮，老是問老共是不是要武統臺灣了，我就會像機器人反覆回答，這些軍演，美國也好，什麼美日韓，印度，澳洲，不過就是美國想把這地區搞亂，搶國際資金，真是蠢，多是被不實輿論洗腦洗成白痴了，老共不會上當，他有十幾億人需要養活養好，他只要維持好強大生產力強大軍力就可以了，我們臺灣應該好好把握這種情境，善用各種資源為人民厚殖國力，為人民生活幸福非常努力，而不是現在這樣惶惶惑惑，毫無自主性，沒什麼骨氣，日本也是，以前我看太平洋戰爭歷史，麥克阿瑟——很多臺灣人很信他，認為是傑出將領，這傲慢的白人種族主義者，我看不起，我記得他這樣輕蔑過日本人，說，衡量現代文明發展標準，美國是四十五歲日本像是十二歲孩童，唉，這傢伙一定更看不起我們臺灣人，十九世紀結束時日本完成西化是世界大事，臺灣在上個世紀八〇年代完成現代化也是，臺灣、日本在世界地圖看是在亞洲，就生活和思想看不是亞洲人是西方人——啊，哈哈，我們原來在談什麼？」

聽到父親笑，她想他當是持續走近兩公里，大腦分泌了血清素、多巴胺和腦內啡，減輕了負面情緒；她自己緊繃心情也一下子鬆懈了，無意中大嘆一口氣，說：「原來在談——河流汙染，還有地方首長和民意代表怎樣為私利改用地區土地——」

「是啊，呵呵，不知怎麼談起別的了，從前我從臺北搬來永和，因為那時看到都市計畫，說這裡將建設成花園城鎮，規劃六個公園，結果只做了這邊福和運動公園和西邊仁愛公園，其他公有地當都是被改成建商用了，好在我們永和生活機能相關場所都近，生活很便利——」他說：「其實，我今天真正想認真和妳談事是，妳應該去美國和家人生活，不要被我耽誤了，要不是朱華這次回來提醒了我——不是他說什麼，是看他回來我自己這樣想。」

「你也是我家人啊。」她說：「我勸你沒用，你勸我也沒用，哈哈，有研究說，父親在女兒自尊感身分感建立，會有很大影響，現在我相信了。」

「唉，父母必須體諒兒女會有自己的家庭需要費心經營。」他說：「至於個性——女生，妳智商遺傳有父親母親影響，朱華智商只有母親遺傳，是這樣吧，很有錢或者說很多企業家能賺錢，並不是有什麼高智商，只是能將小聰明走歪路，控制許多人，發了橫財，但是，朱華畢竟是建築師工程師，這是說你們母親也有相當高智商——妳智商當是比朱華高，哈哈，這是說我智商也不差，你們母親智商被宗教被家庭負擔壓抑了，妳會不會也相當程度被什麼信念壓抑，所以，妳不怎麼現實——」

她繼續聆聽他侃侃之談，卻也恍恍惚惚想著自己在這城鎮成長。小時候，無論她住那裡，都是幾步路走出巷弄就是大街，街上有麥當勞或日本料理店給少兒慶祝生日，有麵包店或專業蛋糕店可以選購蛋糕，包子饅頭、炸雞、披薩、小吃攤子、便當店，數十公尺或一兩百公尺長傳統市場，規模略小的也有幾個——假日，母親會帶她愉快在裡面從頭逛到尾，好幾家超商、大賣場，體育用品店——她青少時代買過很精緻的登山杖和手套，那雙底蘊淡綠的藍色手套至今沒怎麼褪色，冬天她還常用，服飾店、文具店，電氣行——幾次父親要她去買日光燈管和啟動器，銀行、郵局、醫院、中醫、中醫或西醫藥房、百貨公司在鄰近眾多小商店裡難以生存，兩三家書店因為漸漸沒人愛看書早也關門了，但是，各種小商店並沒消失，且更加提款機、資訊產品、手機和配件店，形成新近街市景象；住商結構的城鎮生活確實比大都市便利，忙碌生活也無需電影院奇幻遐想。

「唉，談這些沒什麼用，我應該不要再想這種事——」他說：「妳放心，我會活得很好，我會認真按妳的看法，重新檢討自己日常飲食，改善體質，保持雙腳有力，頭腦清楚，直到終於有一天知道自己要去那個什麼墓園，喔，加略山墓園，農曆除夕立群給我們看的那個影片，真的很好，唉，這麼多年了，我竟然沒再去加略山墓園看妳母親，有件事妳可能不知道——」

葉朱莉以為他終於要說何靜宜的事，屏息以待。

「妳母親退休不久，有一天忽然說現在很缺居家就近的幼稚園，問我是不是可以把老家整理一下改成幼稚園，我說退休了忙那幹嘛——」他說：「啊，讓她辦幼稚園，這時她還會活著吧，她喜歡小孩，會玩得很開心。」

「這事我知道，她和我說了，說這樣你們兩個有事好做，身心會健康愉快，頭腦會保持清楚，我可以放心去紐約。」

「喔。」沉默片刻，他拿起手機，點開那個加略山墓園影片，說：「有時妳還會想妳母親吧？」

「在街上經過教會，或者巷弄裡看到母貓帶著小貓——或者夜裡在陽臺上俯瞰溪流、河岸，看城市看夜空，我都會想。」

「人一梯次一梯次生，一梯次一梯次死。」他說：「家族也這樣。」

開闊地安靜漫無邊際，她望著不遠處河岸樹叢和對岸各種疊影，高架快速道路尾段鑽出樹叢，上面一輛輛車隨著道路緩緩斜下鑽進一長列高聳樓群裡；灰藍天空和最遠處雪山山脈之間，遼闊橫浮一道白色雲氣。加略山墓園影片響起配樂，她聽到哥林多前書經文的歌唱，想起愛需要寬容，需要希望，需要不屈不撓；也想起母親家教格言第一則說的，生有時死有時，心想天下事真是都有定期。

【附錄】

葉朱莉醫師本事

王譽潤

二〇二一年五月臺灣進入 Covid-19 疫情三級警戒，居民的移動地點、範圍處處受限，當時緊張不安、失去自由的心境至今歷歷在目。臺灣因有 SARS 經驗，整體疫情控制比起他國顯得穩定，但為期近三個月的束縛就讓人感到窒息，難以想像國外嚴峻時期如何煉獄。直到現在二〇二四年，新冠肺炎病毒仍持續變異，冬季疫情升溫，可人們已不再驚慌失措；醫療界對於病毒有了基礎的認知，疫苗也隨著病毒變異不斷研發調整，疫常儼然成為新的日常。

《葉朱莉醫師》背景為醫療界對新冠肺炎僅有初步認識的時期，葉朱莉為此到紐約進行考察研究，與專家交流，試圖對抗世紀瘟疫。雖然藥物、疫苗研發尚在實驗階段，僅僅廣泛認知到感染率與免疫力相關，但已讓葉朱莉醫師更加確信日常飲食、身心保健的重要性。就算在三級警戒的狀況下，人與人之間依然存在著維繫，葉朱莉仍需接觸許多人，不論是病患對疫情的恐慌還是父親疏忽染疫，都讓她意識到現代社會的意識形態如何影響個人身心健康。

社會運作因男女差異而有不同分工，家庭教育多依賴母親，對女兒和兒子的教育經常有所差異。葉朱莉的生活思想「生有時死有時，凡事都有定期」正是她母親格言式的教誨第一則；她母親信奉基督教，愛分享聖經故事，對女孩還會特別講聖經中的女性故事，養成了葉朱莉諸多行為準則，像是不能婚前性行為的觀念。葉朱莉的父親便擔心女兒和妻子一樣可能被家庭負擔或其他信仰壓抑，導致無法自由且全力地發揮才能。相對而言，葉朱莉的弟弟葉朱華，思慮顯得單一許多，一心一意想著如何賺錢，進而忽略了與自己生活的母親身體狀況，等發現異樣時母親已肺癌末期。對於母親癌末病亡，葉朱莉不只相當自責自己遠在異地，怨懟弟弟的同時卻又想著不該與手足鬧翻，最終將思緒壓抑在心底。

當葉朱莉成為母親，對女兒和兒子的家教也有所不同。葉朱莉教示兒女「每一個階段」都必須善用自己能力條件持續努力，累積到一定程度，就能從容過上自己想要的生活。葉朱莉對女兒則更進一步提醒「年齡已經到了一個新階段」，不能再如學生時期單純，應開始留意對象結婚生子，畢竟女性大腦會因生育而更加成熟，完成「這樣的階段」有助於未來專心做自己想做的事。葉朱莉對兒女不同的引導方向，可看出對兒子比較是對一般人、普遍的哲理，對女兒則還有女性獨特的思量，間接反映出社會對男女不同的角色要求：男性專注於自我栽培，賺錢養家；女性則不只要培養自我，還需想到生育問題。醫療科技解決許多生理問題，卻似乎沒有減輕太多女性的心理負擔。在匿名發言平臺總能看見不少女性呼籲女性多注意婦科健康：二三十歲就可檢測卵子數量及健康度以便注意凍卵需求、三十歲以後不忘子宮頸抹片、面臨停經要如何調適身心狀況等等，都顯示女性因身體內分泌變化且思緒細膩豐富，比男性更早意識到初老、老化問題。原本女性思慮的面向就比男性更廣泛，資訊發達竟可能讓女性心理負擔更加複雜。

在醫師專業的培養過程中，葉朱莉同時亦注重對人文社科的學習，讓自己「對人產生醫學院學生分外的認識與同情，胸懷也比同期同學寬廣」；她也和室友們一起聽過幾次女權演講，多少培養了女性意識，認為「女性如果不能參與立法，改變至少一半世界」的話，只能用和男性一樣的思維爭取平權，那世界只會更糟。因此葉朱莉特別關注女性醫療，參加完里民會議甚至萌生每月和鄰里的婦女們談談身心保健的想法；執業時更會「認為婦女兼顧家庭和社會雙重負擔而老人奉獻一生」而對婦女及老人患者從寬衡量，使用健保制度下的設備進行健康檢查。像葉朱莉這樣的女醫師，結合了理性的醫療診斷和感性的個人情思，讓患者得以提早發現並治療疾病。

葉朱莉的自我養成，無論來自母親的傳統倫理，愛家愛子女，或人文通識、講座，特別是哲學，她都活用女性思想，並不鑽牛角尖，而以能落實實踐為準。因醫療實踐多會深入微小世界，就像她室友們透過釐米、毫米、奈米，進入微小世界來談論生命、細胞、病毒。這樣看生命看生活看世界，不失可能的神祕，又省思了真善美這些義理。隨著葉朱莉的步調，對Covid-19、病毒有了或深或淺的理解；也明白男女差異不只攸關社會問題和價值觀，亦關乎疾病好發機率，女性不同年齡層還有不同生理內分泌狀況，該如何保健及預防生病永遠是值得關注的課題。在共同經歷過一場世紀瘟疫之後，葉朱莉的境遇或許能對人產生各式各樣的啟發，而後讓人逐步踏實。

（本文發表於二〇二四年二月二十日《中國時報・人間副刊》）

國家圖書館出版品預行編目資料

葉朱莉醫師 / 東年著 . -- 初版 . -- 臺北市：
聯合文學出版社股份有限公司 , 2024.02
240 面 ; 14.8×21 公分 . --（聯合文叢：738）

ISBN 978-986-323-588-0（平裝）

863.57 112022938

聯合文叢 738

葉朱莉醫師

作　　者／東　年
發 行 人／張寶琴

總 編 輯／周昭翡
主　　編／蕭仁豪
編　　輯／林劭璜　王譽潤
資深美編／戴榮芝
業務部總經理／李文吉
發行助理／林昇儒
財 務 部／趙玉瑩　韋秀英
人事行政組／李懷瑩
版權管理／蕭仁豪

法律顧問／理律法律事務所
陳長文律師、蔣大中律師

出 版 者／聯合文學出版社股份有限公司
地　　址／(110)臺北市基隆路一段 178 號 10 樓
電　　話／(02)27666759 轉 5107
傳　　真／(02)27567914
郵撥帳號／17623526 聯合文學出版社股份有限公司
登 記 證／行政院新聞局局版臺業字第 6109 號
網　　址／http://unitas.udngroup.com.tw
E-mail:unitas@udngroup.com.tw

印 刷 廠／約書亞創藝有限公司
總 經 銷／聯合發行股份有限公司
地　　址／(231)新北市新店區寶橋路235巷6弄6號2樓
電　　話／(02)29178022

版權所有．翻版必究
出版日期／2024 年 2 月　初版
定　　價／380 元

Copyright © 2024 by Shun-Sian Chen
Published by Unitas Publishing Co., Ltd.
All Rights Reserved
Printed in Taiwan

ISBN 978-986-323-588-0（平裝）
《本書如有缺頁、破損、裝幀錯誤、請寄回調換》